AF247028

Gustave GUICHES

# Au Banquet
# de la Vie

DÉPOT LÉGAL
Marne
g⁰ 11
18 95

" Editions Spes "
17, Rue Soufflot, PARIS (V⁰)

Au Banquet de la Vie

8° Ln²⁷
61540

# DU MÊME AUTEUR

---

### ROMANS

**Céleste Prudhomat** (*A. Fayard*).

**L'Ennemi** (*La Renaissance du Livre*).

**L'Imprévu** (*Tresse et Stock*).

**Philippe Destal** (*Tresse et Stock*).

**Un Cœur discret** (*Plon, Nourrit et Cie*).

**Bonne Fortune** (*E. Fasquelle*).

**Les Deux Soldats** (Prix Alfred Née de l'Académie Française) (*E. Fasquelle*).

**L'Homme qui parle** (*Delalain*).

**Trop de zèle** (*E. Flammarion*).

**Au Fil de la Vie** (*Ollendorff*).

**Un Monsieur très bien** (*E. Fasquelle*)

**Le Tremplin** (*La Renaissance du Livre*).

**Le Petit Lancrit** (*J. Ferenczi et Fils*).

**La Tueuse** (*J. Ferenczi et Fils*).

**En vacances** (*J. Ferenczi et Fils*).

---

### THÉATRE

**Snob**, comédie en quatre actes (*Renaissance*).

**Ménage moderne**, comédie en quatre actes (*Sarah-Bernhardt*).

**Le Nuage**, comédie en deux actes (*Comédie-Française*). Prix Toirac de l'Académie Française.

**Chacun sa Vie**, comédie en trois actes, avec P.-B. Gheusi, (*Comédie-Française*).

**Ghyslaine**, un acte avec M. Frager, musique de Marcel Bertrand (*Opéra-Comique*).

**Lauzun**, quatre actes avec François de Nion (*Porte-Saint-Martin*).

**Céleste**, cinq actes, livret et musique d'Emile Trépard (*Opéra-Comique*).

**Vouloir**, comédie en quatre actes (*Comédie-Française*). Prix Toirac de l'Académie Française.

Gustave GUICHES

# Au Banquet de la Vie

" Editions Spes "

17, Rue Soufflot, PARIS (V•)

*Il a été tiré de cet ouvrage dix exemplaires sur Madagascar numérotés de 1 à 10 et vingt-cinq exemplaires sur pur fil des Papeteries Lafuma numérotés de 11 à 35.*

**Copyright by Éditions Spes, 1925**
Droits de traduction et reproduction réservés
pour tous pays.

A mon ami

GUSTAVE DE MALHERBE

en souvenir

d'un temps de camaraderie, d'espoir et de travail.

Affectueusement.

G. G.

## PAUSE POUR PENSER A SES PÉCHÉS

*Au collège, à la fin du jour et de la dernière étude, le surveillant frappait ses mains l'une contre l'autre. On se levait en tumulte. On s'agenouillait sur les bancs, et un élève récitait la prière du soir.*

*Après les implorations habituelles, tout à coup, il articulait cette phrase :*

Pause pour penser à ses péchés.

*Alors, dans le silence, bras croisés, fronts baissés, plongés au plus profond du recueillement, il s'écoulait une minute environ pendant laquelle... on ne pensait à rien.*

*A soixante ans, au déclin de mes jours, aussi vers la fin de ma dernière étude dans le collège de la vie, j'éprouve le besoin de me dire : « Pause pour penser à mes péchés... et aux péchés d'autrui. »*

*Si, à l'étude, on ne pensait généralement à rien, c'est qu'entre douze et seize ans on n'a pas eu le temps de commettre de graves et de nombreuses fautes. A soixante ans, on a eu le temps. On a eu aussi le loisir d'accomplir quelques bonnes actions et d'en voir accomplir.*

*J'ai connu, en littérature, les hommes et les événements principaux de mon époque. Comme la plupart de mes camarades, j'ai été mêlé, maintes fois, à leur agitation. J'ai vu, de près, le talent, le génie, la beauté, la noble ambition, le succès, aussi la nullité, la laideur, l'arrivisme et le « ratage » dans leurs représentants et leurs officiants les plus autorisés. J'ai éprouvé l'enthousiasme, le mépris et la révolte. J'ai été en rapports cordiaux avec la sincérité et l'amitié, aigres avec l'égoïsme, le mensonge, l'artifice et l'envie.*

*Qualités et surtout défauts observés chez les autres n'étaient peut-être que les reflets des miens. Peu importe. En évoquant, sans flatterie, sans haine mais non sans passion, choses et gens, je voudrais engager, un moment, ces derniers à dire avec moi, comme nous le murmurons tous, pour des raisons différentes, chaque 11 novembre :*

Pause pour penser à nos péchés.

# Au Banquet de la Vie

## I

## JE VEUX M'EN ALLER...

A tue-tête et massacrant le latin avec une frénésie de sauvage, Aldebert, le vieux chantre, en réponse au prêtre qui vient d'entonner le *Credo*, hurle : « *Patrem omnipotentem creatorem...*

J'étais parti en voyage, par la pensée. J'étais déjà loin, très loin. Je reviens. Je suis à ma place du dimanche. J'assiste à la messe paroissiale dans la vieille église d'Albas, mon village natal, et, en m'empoignant par les oreilles, ce vieillard qui braille m'a ramené à la réalité.

Elle est morne. Elle s'exprime, pour moi, en trois mots : « Je m'ennuie ». J'en souffre. J'en ai honte. Je sais que l'ennui est un aveu de paresse ou d'incapacité. Je l'ai combattu par le travail. Mais dix ans d'étude m'ont irrémissiblement brouillé avec l'agriculture. Par les sports, la marche, la chasse, la pêche.

Mais au bout de cinq cents mètres, ma rêverie m'asseoit au pied d'un arbre ou sur l'ourlet d'une route et je n'ai jamais pu me décider à foudroyer la cabriole d'un lapin ni à voir, avec joie, frétiller, au bout d'un roseau, l'agonie d'un poisson.

Alors qu'est-ce que je fais ici ? Parce que, après avoir obtenu mon baccalauréat ès-lettres, j'ai échoué à mon premier examen de droit en 1879, à Paris, puis, en 1880, à Toulouse, j'ai été condamné à cet internement. Parce que je ne veux être ni magistrat, ni avocat, ni médecin et que je ne sais m'occuper utilement d'un vignoble mangé aux vers par le phylloxera, je dois rester à charge, moins encore à mes parents qu'à moi-même, passer pour un fainéant et être titularisé « fruit sec » !

Je connais mes défauts. Je suis lent au travail, fougueux au plaisir, orgueilleux, timide, mais je me sens capable de me passionner pour une idée et d'en poursuivre, d'un effort indécourageable, la réalisation.

Je l'ai cette idée. Il y a aussi plus de deux ans qu'elle et moi nous nous chamaillons et qu'elle me persécute en me rabâchant : « Tu devrais faire de la littérature ! » Faire de la littérature ! Cette expression seule suffirait à vous en dégoûter ! Faire de la littérature ou faire de la politique, il semble que ce soit la dernière ressource, quelque chose comme le Midi pour les poitrinaires à toute extrémité.

Et puis, avec quoi faire de la littérature ? Je sens bien fermenter, en moi, confusément, le désir d'écrire des histoires d'amour, de faire pleurer, rire ou frémir. Mais ai-je, pour cela, le talent, l'esprit, la sensibilité, la culture qui sont indispensables ?

Mon amour-propre m'en donne bien l'assurance, me faisant valoir que j'ai écrit dans des journaux du chef-lieu des articles remarqués, des poésies pas mal du tout et, dans cette revue si bien nommée « Le feu follet » cette nouvelle qui... Aussitôt j'entends en moi ce désolant bon sens qui éclate de rire en traitant ces choses d'élucubrations et de vagissements.

Et pourtant si on m'adresse cette question : « Que comptez-vous entreprendre, je réponds sans hésiter :

— « Je compte aller à Paris et y faire de la littérature. »

A ce moment-là, il me semble que tous les bras de la maison, après avoir battu l'air, retombent tous ensemble. C'est le signal. La discussion renaît. J'entends, dans des bordées d'indignation, les affreux mots de fou, de bohème, de crève-la-faim.

Alors j'éclate : « C'est faux ! Et c'est révoltant d'injustice ! » dis-je. M'adressant à mon père : « Tu lis avec dévotion, avec délectation et avec enthousiasme, les évangiles, les épîtres de Saint Paul, les Chroniques de Froissart, Joseph de Maistre, les classiques, Hugo !... Tu crois donc que Saint Jean a écrit l'Apocalypse à ses moments perdus, que Saint Paul correspondait avec les Corinthiens après ses heures de bureau et que Joseph de Maistre était, à ses débuts, un va-nu-pieds ? Vous admirez les grands hommes quand ils sont au sommet ! Vous applaudissez leur arrivée et vous conspuez leur départ !... Pourquoi l'écrivain qui aspire au lecteur est-il plus bohème que le médecin qui souhaite le malade ? Pourquoi l'écrivain qui veut vivre de sa plume est-il, selon vous, un fou quand l'avocat prétendant à vivre de sa parole est tenu pour un sage ? Pourquoi un métier de crève-la-faim quand la librairie est un commerce classé, florissant, que les théâtres, en général, prospèrent et que les journaux propagent des millions de feuilles dans l'univers entier ? Pourquoi, enfin, ne serait-il pas honorable de vouloir gagner sa vie en exprimant ses idées, ses sentiments et en apportant au prestige intellectuel de son pays sa contribution si modeste soit-elle ?...

— Mais pour un qui se tire d'affaire, combien de pauvres diables ?...

— Oui, je sais, Gilbert, le poète malheureux : « Au banquet de la vie, infortuné convive ! »... Je sais aussi que nous avons eu, dans notre famille, un oncle tué par la littérature ! L'oncle Baptiste ! C'était un vaudevilliste, et il est mort de n'avoir pu réussir à faire rire. Mais il y a aussi des gens qui sont tués par le notariat ! L'écrivain qui travaille a droit à la considération qui est le salaire moral de tous les travailleurs, et en la lui accordant avant le triomphe au moins s'épargne-t-on la bassesse de l'en combler après !...

— Oui, mais, pour réussir, affirme mon père, il faut une volonté que tu n'auras jamais !...

Nous y voilà ! Je n'ai pas de volonté. Je sais à qui je dois cette réputation. A ma sœur. Elle n'est pas une méchante personne, ma sœur. Seulement elle crie, et, en criant, elle a donné à mes parents l'impression d'une volonté indomptable. Moi, malheureusement, je ne crie pas et je leur ai inculqué l'irrévocable idée que j'étais affligé d'une faiblesse poussée jusqu'à l'infirmité.

C'est ainsi que mon père a décidé de ne me laisser aller à Paris que pourvu d'un emploi assurant, pour la moitié au moins, l'entretien de ma vie. J'ai vingt et un ans depuis le 18 juin. Je veux m'en aller.

Alors, sans en informer ma famille, j'ai écrit à mon beau-frère, chef du contentieux à la Compagnie Parisienne du Gaz, le suppliant de me dénicher un emploi. Il m'a promis de faire tout son possible. Mais il y a, de cela, près de deux mois, et je ne reçois rien ! C'est aujourd'hui le 23 octobre, et déjà, dans les courants d'air qui jouent aux quatre coins autour des piliers de l'église en bousculant des odeurs d'encens, d'ail et de basilic, je sens le petit frisson avant-coureur de la Toussaint, et j'en ai froid dans le dos. Encore un hiver ? Oh ! non ! Non ! Pas ça !...

Le chantre vient d'entonner : *Domine salvum fac imperator...* et, dans les rires, comme chaque dimanche, de se reprendre parce que, vieux bonapartiste, *imperatorem* l'enchante mais *rempublicam* le dégoûte.

L'*Ite missa est* licencie les fidèles. La cloche sonne. On se hâte. Les chaises tombent. Les souliers traînent. Les sabots claquent. Les doigts s'offrent, les uns aux autres, de l'eau bénite. Les dames s'effondrent en révérences, échangeant, complimenteurs ou acides, des « oui, madame », des « non, madame » et des « certes, madame ». Les paysans s'en vont, le dos rond, le pas lourd. Moi je file vers la place publique où, sous les grands arbres, deux ou trois notables vont m'accueillir avec la phrase que je connais bien et dont l'ironique sollicitude m'exaspère déjà.

Avant même que je lui aie serré la main, le jeune instituteur me demande :

— Eh bien ? Toujours pas de nouvelles ?

Je me fâche :

— Qu'est-ce que ça peut vous faire ?

— Beaucoup ! me répond ce gracieux jeune homme. Je me mets à votre place, et je comprends fort bien votre impatience...

Nous sommes en marche. C'est, avant que sonne midi, la déambulation automatique de l'aller et du retour. Près de nous, la fléchette d'un tir à l'arbalète claque en touchant le but. Des marchandes étalent de vertes et frisées salades fraîchement scalpées. La façade de ma première école aligne ses fenêtres d'où, par les brûlants après-midi, s'échappaient, en fumées scolaires, des sentences : « L'a-mour-de-la-pa-trie est-un-de-voir-sa-cré », et, à mes pieds, sur le sol, mes yeux baissés revoient les endroits où mes genoux de gamin s'incrustaient dans la boue et s'écorchaient aux cailloux quand je jouais aux boules.

— Ne vous faites donc pas de mauvais sang, m'adjure l'instituteur qui, voulant réparer ou peut-être aggraver, m'assure que mon beau-frère s'occupe de moi avec ardeur. Mais que, par le temps actuel, il est si difficile...

Il ne peut finir... Une gamine qui court en agitant un papier bleu est, d'un bond, auprès de nous et m'annonce : « Une dépêche « qu'elle » vient d'arriver... »

Je lis :

*Nommé attaché au Contentieux Compagnie du Gaz. Indispensable venir avant fin courant pour que appointements partent du 1er novembre. Lettre suit.*

Comme je reste, quelques secondes, muet de saisissement, on me demande :

— Mauvaise nouvelle ?...

Alors, d'une voix gloussante, mais qui, parfois, s'élève jusqu'à l'accent de la proclamation, je lis le message.

Aussitôt on crie bravo. On me serre les mains. L'instituteur n'arrête pas de s'exclamer : « Qu'est-ce que je vous disais ? » Je réponds « merci... merci... merci... » Je suis ivre d'émotion, et, tout à coup, je m'élance vers la maison où j'entre, brandissant la dépêche en clamant avec un triomphant orgueil : Je suis employé au Contentieux de la Compagnie du Gaz !

C'est tellement imprévu qu'il en rejaillit du prestige sur moi. On s'extasie : « Voilà une chance ! A la bonne heure ! Enfin ! Tu vas gagner ta vie ! Mon enfant ! Mon fils ! Tu vois ! Il n'y a qu'à vouloir ! Avec ton intelligence et ton esprit, il ne te manque que de la volonté ! » Je jure que j'en aurai et que je ferai des choses remarquables. » On ne t'en demande pas tant ! » s'écrie ma mère, et ma sœur, me secouant par les épaules, m'ordonne : « Tâche donc d'être un homme !... »

Mais que se passe-t-il en moi ? C'est abominable ! J'en suis furieux ! J'en ai honte ! J'ose à peine me l'avouer ! Je voudrais... je ne voudrais plus m'en aller ! C'est trop fort ! Qu'est-ce que je peux donc bien regretter ?

Tout ce que j'ai dédaigné jusqu'à ce jour et que, maintenant, je regarde avec déchirement comme des êtres qui vous chérissaient et, pour qui, au moment de les quitter, on se découvre une incurable affection. Mon village blotti dans ce creux de vallon, les collines qui firent le gros dos à mon enfance pour qu'elle grimpât dessus à quatre pattes, ces noires masures, au ras de cet escarpement, ébréchées comme les dents d'une mâchoire de vieille, ce Lot si accueillant, si calme et qui, tout à coup, mugit et bave parce qu'une digue l'empêche de passer. Rien n'échappe à mon regard qui s'approvisionne en souvenirs et prend les moindres vues, l'aviron du batelier qui miroite en un saut de poisson, cette flottille d'oies qui se prélasse, ce cheval qui boit, en léchant, dans l'eau, le reflet de ses lèvres, cette puante ruelle bordée d'échoppes où des ressemeleurs font danser entre leurs genoux des souliers grands comme des enfants, ces chiens qui se chamaillent, ces pigeons qui s'aiment, ce cochon qu'on égorge, ces bourgeois qui flânent, cet omnibus jaune qui charge, en ouragan, le silence, et, autour de la table familiale, satellites de la lampe, ma mère, mon père, ma sœur, moi, nos quatre visages courbés sur les assiettes d'où montent des fumées.

Tous les coins et les recoins de ma vieille demeure lâchent leurs souvenirs qui courent après moi, et je les revois tous, comme, dans les vrais derniers moments, avant de capituler, la vie récapitule. Bon Dieu ! Si mon père savait ce qui se passe en moi !...

Pour aller dire au revoir, peut-être adieu aux confidents muets de mon enfance, il faut que je me cache. Je cours dans le jardin boire la dernière gorgée au ruisseau galopant devant les arbustes alignés qui donnent à son eau si fraiche le goût de leurs noisettes. Je me recueille quelques minutes près du puits, sous cette voûte de lauriers que mon grand-père appelait le temple de la gloire et j'embrasse le pawlonia qui abrita si souvent mon sommeil, à ses pieds, sur le gazon, parmi les sauterelles.

Au dedans, je visite les chambres comme si je les voyais pour la première fois, et je reste songeur dans ce cabinet de travail où, sur la page de mon devoir de vacances, me réapparait l'index culotté de tabac par lequel mon paternel professeur soulignait les contresens de mes versions latines.

Ce sera dur de m'arracher d'ici ! Le sol natal colle à mes pieds. Oh ! que cette sentimentalité va me gêner et me faire souffrir ! Il faut que je m'en affranchisse. Sans quoi, elle ferait, de moi, au lieu du serviteur de mon cerveau qui est sain, l'esclave de mon cœur, ce fou !...

Heureusement que la hâte des préparatifs m'aide à faire cet effort. Deux jours ont suffi. Maintenant l'omnibus qui doit me conduire jusqu'à la station prochaine stoppe devant la porte.

Bourrés de lainages par la sollicitude maternelle comme si mon séjour devait être un éternel hiver, mes bagages sont hissés. Il faut nous dire adieu. Ma sœur qui doit me retrouver dans une quinzaine à Paris, est sans émotion. Ma mère dissimule la sienne sous des paroles grondeuses :

— « Je parie que tu vas prendre les « premières ! » Un jeune homme peut bien voyager en seconde ! Et puis, je suis sûre que tu passeras des mois sans nous écrire ! Et puis...

Mais elle ne trouve plus rien. Elle me serre longuement dans ses bras et j'entends tout ce que m'assure son silence et qui est tout le contraire de ce qu'elle m'a dit.

Mon père m'accompagne jusqu'à la gare. Outre le désir qu'il a de rester avec moi le plus longtemps possible, il ne me croit pas capable d'accomplir, seul, les formalités du guichet et de l'enregistrement.

Je le regarde. Jamais la distance que l'âge a établie entre nous ne m'a paru si infranchissable. J'ai vingt et un ans. Il en a soixante-douze. Sous ses cheveux blancs qui bouclent sur la nuque, son visage rasé offrant au regard ses beaux traits d'intelligence et de droiture m'apparaît comme un visage d'aïeul. Il est plus que mon père, et je m'explique pourquoi mon affection vénère, en lui, un grand-père comme la sienne, en son enfant, chérit un petit-fils, pourquoi il me juge selon son époque et pourquoi je le confronte, moi, avec mon temps.

Je l'entends qui me parle d'une voix tutélaire et qui me prodigue des conseils que mon respect filial révère comme les plus nobles avis, mais dont mes jeunes instincts flairent l'horrible danger :

— « Si tu dois t'adonner à la littérature dans tes moments perdus, me recommande-t-il, sois, avant tout, modeste ! En dehors de ton application au travail, ne fais rien pour te faire valoir. Si tu as du talent, sois tranquille, on le reconnaîtra et tu peux être certain qu'on te rendra justice !...

Malheureusement les cahots de la voiture sont tellement violents que, nous faisant sauter, nous renversant de côté ou nous jetant l'un sur l'autre, nez contre nez, la gravité de ces dernières recommandations se trouve si ridiculisée que, chacun rentré en soi, nous nous bornons à l'échange des propos essentiels.

Nous voici dans la cour de la gare. Mon père me dit :

— Laisse-moi faire.

Il va prendre mon billet, surveille la pesée des bagages, conteste le poids, fait recommencer, plie mon ticket dans le bulletin qu'on lui délivre, m'oblige à enfoncer, dans une case de mon portefeuille, ce papier et m'enjoint comme au plus étourdi des enfants de dix ans :

— Au moins ne le perds pas !

Puis il veut encore que je découvre une cachette sûre pour le billet de cent francs qu'il me donne en m'adjurant :

— Surtout, sois économe !...

Nous sommes sur le quai de la gare. Je suis muet d'émotion. J'ai, maintes fois, quitté mes parents. Mais, en ce moment, je fais plus que les quitter. Je me sépare d'eux. Ils restent ici, eux, enracinés dans leurs traditions. Moi je sens que je vais vers une existence nouvelle qui me fera une âme, un esprit à son image et, si mon cœur leur garde toujours leur fils, la vie, à coup sûr, leur prendra leur enfant.

Un petit cri aigu, et le train glisse jusqu'à nos pieds. C'est déjà le train frileux dont le moindre bruit s'inscrit sur le tableau noir que, de chaque côté des wagons vient de dresser la nuit. Le facteur pousse un chariot avec un effort que le poids de mes malles ne peut justifier. Un sac de cuir tombe d'une portière devant le chef de gare qui balance, comme un encensoir, une lanterne à feu rouge. Des ombres descendent. Une dame volumineuse et qui semble rembourrée de tous les voiles de la nuit, vient à nous et demande si nous partons en voyage. C'est la dame la plus méchante du pays. Que je voudrais m'offrir sa stupeur en lui répondant que je vais à Paris faire de la littérature. Mais je suis devancé, et elle apprend que, nommé au Contentieux de la Compagnie Parisienne du Gaz, je me rends à mon poste.

Mon père et moi nous nous embrassons avec tout l'emportement d'affection qui nous jette l'un sur l'autre, confond, cette fois, nos âges et prolonge tant qu'il peut, cette étreinte.

Je pénètre dans un compartiment de seconde classe. La locomotive tire, d'un grand coup hargneux sur sa chaîne. Il semble que tout se démantibule. Me voilà parti.

Tout en casant ma valise dans le filet et en calant, au dossier, le rouleau de ma couverture, je pense que mon père est déjà dans l'omnibus qui le ramène à Albas. En arrivant, il annoncera : « Voilà ! Ça y est ! Tout s'est bien passé. Il paraissait content. » A table, de temps en temps, il dira : « Il doit être à Libos... Il est à Périgueux... » Au moment de se coucher, il constatera : « Il est arrivé à Limoges »... et, demain, il sera tout à ses réussites qu'il étale devant lui et combine jusqu'à l'heure d'aller à la propriété s'entretenir avec le domestique qui travaille le bien.

Il est revenu à la vie qu'il s'est faite. Moi je vais à celle qu'il faut que je me fasse. Je me sens, tout à coup, accablé. Le décor agit violemment sur le nerveux que je suis. Enfermé dans cette étroite caisse à peine éclairée par un lumignon qui nage péniblement sur l'huile dans laquelle il va se noyer, je suis ramené au néant de moi-même. Jamais, me semble-t-il, je ne me tirerai d'affaire. Toute ma vie je ne serai qu'un pauvre petit employé de rien du tout qui ne connaîtra pas une miette de ce qu'il a rêvé. Un pessimisme affreux m'écrase. Je m'épouvante. Comme ma mère me connaît bien !

A Libos, où j'attends l'express venant d'Agen, je fais supplémenter mon billet et je monte dans un compartiment de première classe où j'ai la chance d'être seul. Le décor a changé. Il est gris perle, plus accueillant. Il fait quelques frais de toilette. Cela me suffit.

Mes idées aussi ont changé de compartiment. Elles sont montées en première. Elles s'épanouissent. L'espoir me revient. J'acquiers des assurances. Je me dis que si je porte, en moi, le germe d'une œuvre, il faut à son éclosion la rumeur de la ville, le coudoiement de la rue, les serres chaudes des bureaux de rédaction, des salons, des théâtres. Je fais des projets, m'exalte, jalonne, de succès, une route glorieuse, mais, à peine en ai-je parcouru quelques cents mètres, que je m'endors.

Je me réveille citadin. Les gares de banlieue défilent. Paris est proche. Toute ma jeunesse est debout, prête à s'élancer sur la vie. Je suis de plus en plus nerveux. Je me gante. Je vais d'une portière à l'autre. J'empoigne mes bagages et...

J'ARRIVE ENFIN DANS CETTE VILLE IMMENSE !
(Vieil air).

Paris !... Mon beau-frère m'attend à la gare. Je lâche ma valise et ma couverture pour lui sauter au cou en le remerciant. Mais il n'aime pas les effusions. Il est l'homme pressé jusqu'au halètement.

— Voilà, me dit-il. Je suis content d'avoir réussi. Ce n'était pas commode. Ton emploi est tout à fait inutile. Ça ne fait rien. Il faudra que, demain matin, tu sois à la Compagnie, dès neuf heures précises, pour signer la feuille. Un moment après, je te présenterai au directeur. C'est une faveur que, presque jamais, il n'accorde. Ensuite tu verras ton chef de bureau, un homme charmant, tout ce qu'il y a de plus hypocrite, mais charmant. Quant à maintenant, je vais te donner les clefs de l'appartement. Moi j'ai affaire du côté de la gare de l'Est. Viens déjeuner avec moi, si ça te fait plaisir, brasserie de Strasbourg, à deux pas de la gare. Voici le numéro de la voiture que je t'ai retenue. Voici les clefs. Je te laisse te débrouiller. Je suis en retard. Je file. A tout à l'heure, à ce soir ou à demain matin...

Un instant, je tournoie sur place. Je me ressaisis.
Je retire mes bagages avec une aisance dont mon
père serait stupéfait, et une demi-heure après, rue
de Grenelle, près de l'Archevêché, portées sur les
épaules du concierge, mes malles s'élèvent jusqu'au
cinquième étage, où je suis introduit dans un appartement habité par des meubles houssés de blanc qui
ont l'air de fantômes gras. Faut-il se reposer ? Faut-il
dormir ? Non. Il faut prendre un bain. Cela fait, je
vais rejoindre mon beau-frère, brasserie de Strasbourg. Je lui apporte des nouvelles des siens, de leur
existence là-bas, dans le Lot. Il ne m'écoute pas.
Il m'entend avec un sourire qui le situe, au plus près,
à Marseille. Il me dit qu'il est en train de monter
des affaires colossales qui nécessitent des dépenses
énormes.

— Ton père ne comprend pas ça ! déplore-t-il.

Le cigare allumé, il commande :

— Garçon, l'addition et une voiture.

Puis à moi :

— Il faut que je te quitte. Je vais à Saint-Denis.
J'ai rendez-vous à quatre heures dans un café,
boulevard Montparnasse et, à six heures, boulevard
Saint-Denis. Je ne te dis pas à ce soir, car je ne sais
pas où je pourrai dîner.

Je sors. Je suis tout à l'ivresse de me retrouver
à Paris, de refaire connaissance avec lui. Je marche,
je marche. J'enfile des rues. Je tourne à droite.

Je tourne à gauche, sans savoir où je vais. Peu m'importe ! J'évolue. Je manœuvre. Je m'exerce à la circulation. Je défie les voitures. Je m'arrête aux étalages. Je reprends ma marche. Je ne sens pas la fatigue. J'ai la tête au vent ! Je suis à Paris. Je foule le pavé de Paris ! Je ne cesse de me le répéter et j'en suis si joyeux que je me dis à moi-même en latin : *Pede libero pulsanda tellus !...*

Et ce soir, je dîne entre la chaussée d'Antin et la place de l'Opéra, en plein boulevard. Assis à une table, j'ai la sensation, après le matinal bain de propreté, de prendre, maintenant, dans la lumière, la tiédeur et les parfums, le vrai bain de Paris. A travers les hautes et larges glaces de la façade, je vois, dans le défilé des passants, le flot qui moutonne, le long du boulevard. Il pénètre et se répand autour de moi. Les vagues de la vie nocturne clapotent. Les nouvelles de la politique, du théâtre, du monde, et celles de l'étranger affluent en poussant leurs clameurs. Ah ! comme je vais aimer Paris ! Comme je vais l'aimer pour sa beauté, son charme, sa cruauté, son élite, son peuple, ses splendeurs, ses horreurs, pour lui ! Comme je vais m'y enthousiasmer, y lutter, y souffrir, y vaincre peut-être ! En tout cas y rester, car jamais plus je ne le quitterai. Et c'est vraiment le bain aromatisé, tonifiant, après lequel, rentré dans ma chambre, je pense un moment à ceux que j'ai laissés là-bas, au village. La fenêtre est ouverte. Je leur envoie un grand baiser dans l'espace. Je referme.

Je m'étends dans mon lit et avec le bel entrain de mes vingt ans, je m'endors.

## L'ADMINISTRATION

— Tu es prêt ? Vite en voiture ! Nous ne sommes pas en avance !...

Cependant, à neuf heures moins cinq, le fiacre qui nous véhicule, mon beau-frère et moi, s'arrête, 6, rue Condorcet, devant le grand portail de la Compagnie Parisienne du Gaz.

Précédé par mon introducteur, je monte jusqu'au premier étage, suis un large et long couloir au milieu duquel une porte affiche, sur une pancarte : « Bureau des oppositions. » Quelqu'un ouvre à l'instant même et nous en profitons pour entrer. C'est une vaste pièce éclairée par deux hautes fenêtres et dans laquelle sont groupés, devant un registre, cinq à six jeunes gens. A la suite du dernier paraphe, j'appose, non sans émotion, la signature qui m'atteste employé.

Puis, mon beau-frère m'ayant dit : « Viens », j'accompagne sa marche le long du couloir, au bout duquel, il bifurque à gauche et s'engage dans un nouveau corridor jusqu'à une cérémonieuse entrée faite de deux battants feutrés que couronne cet intitulé : « Direction. » Un huissier nous ouvre et annonce :

— Monsieur le chef du Contentieux.

Au fond d'une immense pièce si funérairement

verte que, dans la glace, mon visage me renvoie la face d'un cadavre, un lourd vieillard à cheveux et à barbe de neige écrit. Nous avons beau nous avancer jusqu'à toucher la table, il continue à écrire. Mon beau-frère hasarde :

« Monsieur le directeur »... il écrit toujours. J'ai envie d'éclater de rire. Enfin, sans lâcher le porte-plume, et sans que son buste fasse un mouvement, il tourne lentement sa tête et lève vers le chef du Contentieux un œil rond et blanc comme un œil de turbot.

— J'ai l'honneur, monsieur le directeur, de vous présenter mon beau-frère, que vous avez bien voulu agréer comme employé.

Je termine en balbutiant un peu :

— Ce dont, monsieur le directeur, j'ai l'honneur de vous remercier...

Le bonhomme de neige à œil de turbot incline légèrement la tête, et, d'un geste du porte-plume, signifie que l'entrevue prend fin.

Mais que mon chef de bureau, M. Faradol, a plus de grâce et d'affabilité ! Il bondit, tourbillonne, danse, ne sait à quelle manifestation s'adonner pour exprimer à son collègue sa reconnaissance de lui offrir un collaborateur de qui sa sympathie pressent le grand mérite ainsi que l'agrément ! Après m'avoir dit : « Venez, ami, venez », il me prend par la main, comme s'il m'engageait dans un en-avant-deux de quadrille, me fait ainsi traverser deux bureaux en

jetant mon nom devant nous et, entrant dans le mien,
annonce à mes futurs collègues :

— Mes amis, voici un camarade de qui vous appré-
cierez, j'en suis sûr, le mérite et qui a tous les droits
à notre sympathie.

Me désignant un affreux bureau d'acajou huileux
dont la surface de cuir a l'air d'être dévorée par une
maladie honteuse, il ajoute :

— Ami charmant, voici votre bureau. Il est sale
comme un peigne, mais notre vieux garçon lui
donnera un joli petit coup de vernis... Ami Marquis
et cher employé principal, mettez donc notre nouvel
ami au courant du service...

— Oh ! ce n'est pas creusant ! m'explique
Marquis. Voici, devant vous, le tableau des oppositions. Quand on vous présente un mandat à signer,
vous vérifiez si le nom du titulaire est sur le tableau.
S'il n'y est pas, vous paraphez. S'il y est, vous refusez
le visa. Cette petite opération a lieu de dix à midi
et de une heure à trois. Après quoi vous disposez
de votre temps.

Ayant, en un destin tout autre, une foi juvénile et
considérant la Compagnie comme une brève étape,
ce milieu, dans lequel je vais vivre quelque temps,
ne me déplaît pas. Même il m'intéresse. Nous sommes
là cinq jeunes hommes qui, tous les matins accourus
à pied ou sur des impériales d'omnibus, nous
retrouvons devant la feuille de présence que nous
devons signer.

Marquis, notre employé principal, est issu des contributions directes, où, dit-il, ayant remis vertement son chef à sa place, il perdit la sienne. C'est un Breton volubile et hâbleur qui agite, en parlant, une barbiche de bouc. Il ne cesse de faire allusion à une affaire phénoménale dont la réussite lui permettra de venir en aide aux camarades, et, sur cette réchauffante promesse, après avoir imité la procession de la Fête-Dieu en province, cantiques, fanfares, tambours, il distribue le travail de la journée avec une générosité si large qu'il n'en garde pas, pour lui, le plus petit morceau.

Mon voisin Lapierre s'en plaint amèrement.

Il est chétif. Sa bouche est constamment mi-ouverte pour un étonnement que rien ne peut calmer. Il est vêtu d'une lévite saumonée qui lui mord les chevilles et est coiffé d'un haut de forme qui a perdu six reflets au moins sur les huit qu'il eut dans sa jeunesse. Comme il me sait préoccupé de littérature, il me parle, avec une insistance qui me le révèle pourvu de relations imposantes, du bibliophile Jacob, des Montgommery, des Lockroy, des Hugo, etc... Comme je m'informe auprès de Marquis, l'employé principal me répond :

— Personne, en effet, mieux que notre ami Lapierre ne connait le bibliophile Jacob et son entourage. Il est le fils de sa cuisinière et de son maître d'hôtel !

— C'est la vérité même, confirme le docteur.

Celui qu'on appelle ainsi est Marmonot, un gros petit homme qui porte, accrochée à ses joues, une si volumineuse barbe qu'elle semble la réduction d'une botte de foin. On l'a surnommé « le docteur » parce que, sans avoir jamais étudié la médecine, il ne parle que de thérapeutique, et il se flatte, rien qu'en employant le coaltar, de procurer à son père, atteint d'un cancer, une agonie supportable.

Il y a un rêveur. C'est Guérard. Il a vingt ans, l'air collégien, de petits yeux endormis, de rondes joues cramoisies et une bouche qui, d'une oreille à l'autre, rit silencieusement. Un contentieux dévorant et une maladroite entreprise agricole ont ruiné son père. Alors toute la famille s'est mise au travail. Guérard a sacrifié une vocation pourtant pressante à l'état d'employé. Il voulait être jardinier. Oh ! il ne renonce pas encore tout à fait, et il me confie par quels procédés intensifs il est sûr de produire des fleurs véritablement monumentales ainsi que des légumes dont l'énormité soulèvera l'admiration et peut-être l'effroi.

Il y a aussi Magnol, un pauvre diable à bout de souffle qui ne parle à personne, à qui personne ne parle et de qui Marmonot, le docteur, a déclaré diagnostiquant une tuberculose avancée, qu'il était un danger pour l'administration.

Notre chef, Albert Faradol, a conscience d'être un homme gracieux. Il est de taille élancée, a les yeux égrillards, les joues écarlates et, sans doute par une erreur de teinture, la barbe et les cheveux d'un rose coucher de soleil. Il marche à petits pas comme pour une contre-danse, et ses lèvres ont un sourire si affectueux qu'il a l'air d'un baiser. Toujours il fait précéder du mot « ami » le nom de l'employé qu'il salue ou interpelle. S'il complimente, il est amical. Mais, s'il réprimande, il est tendre. Alors il prend le coupable par la taille et lui glisse à l'oreille : « Ami bien cher, je vous colle deux francs cinquante d'amende. » On a beau invoquer une excuse valable, la femme, l'enfant ou soi-même malades, il reste doux et inexorable. Pourtant si le retardataire révèle qu'il a été surpris par l'heure en pleine joie d'amour, Faradol s'épanouit, s'intéresse, questionne, exige des détails et, parvenu à un trouble où sa pudeur ne veut plus rien entendre, il conclut : « A tout péché miséricorde ! » et, ayant absous, il fuit vers son bureau.

On voisine. De pièce à pièce, on échange les types. Le doux François est un peintre qui a « renoncé » et qui n'a gardé, de « l'artiste », avec une vaste lavallière, qu'un tutoiement grâce auquel il stupéfie les visiteurs et froisse les vieillards. Le chauve et anglomane Chéraume ne profère que des *all right*, des *very well*, des *thank you* et au peintre qui lui contait, en sanglotant, la mort de sa mère, offrit ses plus « doulourous congrétulécheunes ».

Valoir, qui a un bec-de-lièvre et un palais en argent, compose des chansons de café-concert. Il les

chante au-dessus de la bouche du calorifère parce
que, voulant prendre sa retraite en Cochinchine, il
s'habitue aux excès de la chaleur.

Il supporte mal l'ironie de Rouland, gros homme
à barbe d'ébène, au teint d'ivoire et aux yeux de
velours, un sentimental, un attendri qui chante
*Le temps des cerises,* et procure, contre commission,
à ses camarades, des usuriers exhumés des plus
visqueux souterrains. Il favorise aussi l'introduction
de colporteurs qui s'agenouillent devant des boites,
du fond desquelles ils remontent, d'abord, des livres
sérieux, « philosophie, histoire, dictionnaires », puis
des romans, ensuite des bouquins polissons dont les
gravures font naître des sourires et des « Voyons
voir » excités, enfin des albums d'une obscénité si
salement agressive que les spectateurs s'exclament et
ricanent cependant que notre chef Faradol, comme
s'il avait flairé la truffe, accourt sautillant, repousse
la vision, la rappelle, l'examine avec des gloussements
indignés :

— Quelle horreur ! Quelle dégoûtation ! Permettez
que je voie encore !... C'est la boue !...

Et, avec une tape indulgente sur l'épaule du
marchand :

— Ami colporteur, la prochaine fois je vous ferai
coffrer !

Cependant Magnol, hâve et toussotant, finit de
lutter, du couteau et des dents, contre la tranche de
cheval, qu'il s'impose chaque jour, arrosée de grands

verres d'eau pour que sa femme et son petit garçon
puissent, eux, déjeuner d'un morceau de vrai bœuf
et boire un peu de vin. Il mange, tête baissée, dans
son tiroir ouvert, car il est défendu de prendre ses
repas au bureau et, tandis que ce marché aux puces
de la plus pouilleuse galanterie s'étale impunément,
Magnol est contraint de se cacher pour accomplir,
comme une honte, son bel acte d'amour.

Autour de ce moribond qui a l'air de prendre son
dernier repas, la vie, dans la prison administrative,
s'organise. Quelques-uns vont, fréquemment, coller
leur front aux vitres des fenêtres, devant le cube
de pierre où s'entasse la grise clarté du jour et où,
parfois, dans l'eau, elle aussi captive, du bassin, un
nuage lave son paquet de linge. Mais, bientôt, chacun
est assis à sa place. On entend les journaux claquant
sous les doigts qui les déploient, les petits pains
craquant sous les dents qui les broient, des paroles
endormies qui flottent, des bâillements qui s'évasent,
une voix qui grasseye :

> *Titine demeure à Grenelle,*
> *Tant mieux pour elle,*
> *Gugusse demeure à Passy,*
> *Tant pis pour lui...*

Une autre module :

> *Dans les sentiers remplis d'ivresse*
> *Allons ensemble à petits pas...*

Silence. Voici le public. Ce sont des fournisseurs qui, engageants ou rogues, présentent à notre signature de larges mandats que nous refusons ou que nous leur rendons, paraphés, d'un geste généralement malgracieux. Car, au Contentieux, nous nous considérons non comme des employés, mais comme des fonctionnaires, des attachés au cabinet de la direction, et j'en connais qui, sur leurs cartes de visite, inscrivent cette mention dont ils se font honneur, comme si d'être « attaché » n'était pas l'état le plus avilissant qu'on puisse imaginer !...

Cette satisfaction d'amour-propre vaut à la Compagnie que les attachés du Contentieux supportent, avec une élégante résignation, leur maigre traitement, mais, dans les bureaux inférieurs, au bagne, comme on dit, où s'entassent trois cents forçats du travail qui, moyennant un salaire de cent francs par mois, doivent fournir quatre cents quittances par jour, l'administration ferait bien de songer qu'on étouffe et de prévenir le geste qui, d'un moment à l'autre, pourrait casser les vitres pour faire entrer de l'air.

Je déjeune de onze heures à midi, les premiers jours du mois, dans les restaurants avoisinant la gare du Nord ou dans les grandes brasseries autour de la gare de l'Est. Les prix y sont assez élevés pour m'obliger à me contenter du plat du jour et de la tasse de café sans la transition du dessert. Mais, tandis que je fume ma cigarette, quelles compensations de rêve me délectent à observer les arrivants et les partants, encombrés de couvertures et de paquetages, des êtres réjouis, trépidants, hagards, impatients de s'amuser, de jouir, d'aimer, de souffrir, de haïr, de voler, de tuer !...

Mais, à partir du quinze, s'impose le sombre petit restaurant où l'on mange, sur des serviettes qui durcissent le marbre, des viandes n'ayant rien de commun avec la chair saignante du chevreuil pendu à la devanture et dont la fine tête a gardé le doux éveil qu'elle pointait dans le vent des forêts. On est les uns sur les autres, aussi mal nourris que mal assis, mais quel fourmillement de jeunesse et de gaieté ! Quelle joie d'entendre des voix naïves s'écrier :

— Veine ! Il y a du homard !

Et les hurlements des garçons rassemblant des cheptels :

— Six bœufs mode ! Onze prés-salés ! Trois moutons poulette ! Cinq lapins nature !

Et la conviction des noirs sommeliers qui, aux cris de : « Pommard ! Saint-Emilion ! Château-Laffitte ! », débouchent des bouteilles crachant, sur les nappes, des gouttes de saphyr, jamais de rubis !... Et on bénit ce tumulte, grâce auquel on ne pense plus aux choses que l'on mange !...

De trois à cinq heures, l'Administration, tout en me gardant chez elle, m'autorise à me croiser les bras. Je réfléchis et je lis avec une égale passion.

Je l'ai déclaré à ma famille, je suis venu à Paris pour y « faire de la littérature ». Il faut que j'en fasse. Mais quoi ? Quelle littérature ? Je n'ai pas, en moi, une idée assez nette pour être cultivée, encore moins assez mûre pour tomber, d'elle-même, sur une page blanche. Alors ? Courir les journaux pour leur offrir des chroniques ? Il m'a suffi de rendre visite à quelques-uns d'entre eux pour me convaincre qu'ils sont tous submergés. Et puis, non, vraiment, je n'ai ni les outils nécessaires pour me mettre au travail ni les provisions indispensables pour me mettre en route. Je lis. Je m'enthousiasme pour le mouvement naturaliste. J'y trouve des éléments essentiels à ma formation d'écrivain. Mais l'observation de la vie est encore, en moi, si rudimentaire ! Et j'ai tant besoin de cette flânerie initiale qui est, pour l'écrivain, son approvisionnement et son apprentissage !...


## LE BOULEVARD


Dès cinq heures, en compagnie de Guérard ou, seul, je descends vers le boulevard.

Du restaurant Brébant au Café des Princes, en remontant vers le faubourg Montmartre jusque vers le Gymnase et, du côté opposé, depuis le Café Cardinal jusqu'à ceux des Variétés et de Suède qui flanquent d'une double exposition de mentons bleus le péristyle du théâtre, le boulevard est turbulent et sans aspect personnel.

Le boulevard n'est pas là. Le vrai, l'unique, enfin le boulevard n'existe que de la rue Drouot à la place de l'Opéra. Sur ce parcours, il déroule le trottoir dont l'asphalte fit naître cette variété de l'espèce humaine qui, à son propre dire, tend à disparaître, mais qui, encore, a sa place dans l'anthropologie parisienne, le boulevardier.

Aux glaces du Café Riche, dans le cadre en rocaille de la Maison dorée, au perron de Tortoni chez Bignon, ou à l'Américain, on peut reconnaître les silhouettes d'Aurélien Scholl, d'Albert Wolff, de Catulle Mendès, etc... Tous sont boulevardiers. Mais aucun d'eux n'est, au sens exact du mot, le boulevardier. Le vrai boulevardier est rarement un homme célèbre. Seulement, comme on le voit toujours aux mêmes endroits, il est un homme en vue.

J'en ai connu un de passage à Cahors, charrié par un flot de presse parisienne lors du voyage que Gambetta fit dans son pays natal. Ce déjà vieux boulevardier m'a documenté sur les mœurs des derniers survivants.

Généralement le boulevardier est de taille moyenne, replet, l'œil parfois monoclé, les cheveux en brosse, la moustache retroussée, la mise très élégante, toujours guêtré en blanc ou en ventre de biche, le haut-de-forme gris perle ou le canotier sur l'oreille. S'il consent à s'expatrier de son trottoir, ce n'est que pour quelques instants, parce qu'on lui a fait signe du Napolitain, parce qu'il accompagne au Helder un ami officier, qu'un clubman l'a entraîné jusqu'au Jockey, à L'Union, qu'il est allé feuilleter, chez Achille, le dernier bouquin paru, ou qu'il dîne au Café Anglais de bonne heure à cause du théâtre.

Mais il lui faut ses deux heures de déambulation. Durant cette promenade, il donne et reçoit cent coups de chapeau, raconte quelques anecdotes, fait quelques exercices de blague sur la pièce, le livre ou le scandale du jour. Puis, déployant le plus vaste journal du soir, il se met à le lire d'un bout à l'autre, les bras en croix, sans se soucier des passants, s'écartant d'eux-mêmes devant cet impressionnant crucifié qui a l'air d'être tellement chez lui qu'on s'excuserait volontiers de gêner sa circulation.

A cette même heure, tous les types du trottoir sont à leurs postes. Un petit patriarche loqueteux pique des mégots devant les grands cafés. La chaise adossée au marbre du « Bazar du voyage », la vieille victime de 48 allonge ses deux jambes de bois dont les extrémités reposent sur un journal étalé en tapis. Près d'elle, identiquement infirme et fermement équilibré sur ses deux pilons, un nègre aux cheveux ébouriffés présente sa casquette aux passants, et, non loin, un vieil homme mégalocéphale et à barbe de prophète, son unique jambe allongée en queue de comète, déploie, dans sa main largement ouverte, un soleil de crayons. Des voix dominent la houle. J'entends :

— *L'Indicateur de Paris*, le *Guide dans Paris*.

D'un gosier altéré, sort :

— Complet des courses.

Une basse crapuleuse répond :

— La règle complète de tous les jeux de société, le piquet, l'écarté, le whist, le boston, le baccara, le lansquenet...

Morne, un interrupteur gémit :

— Cours de la Bourse et de la Banque.

Mais, à mesure qu'on s'éloigne, s'impose, derrière soi, dans un murmure qui décroît :

— Le bog, le reversi, le mariage, le chien vert, la mouche...

J'entre au *Café de la Paix*. Tout le parisianisme et l'exotisme qui battent le boulevard s'y engouffrent. J'y vois évoluer quelques femmes élégantes, cambrées, le bas des reins saillant, et des hommes identiquement vêtus et boudinés, en énormes huit reflets, pardessus courts, le faux-col caché par d'épais foulards écossais, le pantalon collant, la bottine posée sur des semelles effilées et des talons plats.

J'ai, là, une surprise. « Le Baron »... ! Un petit homme à figure joufflue et réjouie, les yeux clignotants derrière le binocle, le chapeau sur l'oreille, la moustache retroussée, le ventre en boule de bilboquet. C'est Morin-Cormier, mon compagnon de désœuvrement provincial, celui que nous appelions « le Baron ». Je ne demande pas ce qu'il vient faire à Paris. Je sais qu'il n'en sait rien. Morin-Cormier ne veut pas me voir plus longtemps, solitaire, en ce lieu, et il m'entraîne au *Café de l'Opéra,* où l'attendent des amis qui deviendront les miens.

## PAS PERDUS... OU GAGNÉS

Ils forment dans un angle, au fond, un groupe dont les doigts remuent des dominos. Je suis présenté. L'accueil est cordial et même chaleureux. Il y a, là, Paul Géral, le fils aîné d'un ancien haut fonctionnaire officiel promu à la célébrité par un décret qui le fit surnommer : « L'homme à la seringue », Lattier, correspondant d'un grand journal de Bordeaux et Henri Pierrade, vieux beau garçon qui maintient, près de lui, une gentille couturière aux yeux bleus et fûtés.

Mais la porte s'ouvre, et voici un nain ! Un nabot hoffmanesque qui va, sans doute, avec un grand marteau frapper l'heure sur quelque carillon. Il s'avance vers nous et demande à Pierrade, en lui tendant son chapeau et son pardessus :

— Prière d'accrocher là-haut. Moi j'aurais le vertige et me f... par terre !

Paul Géral le nomme :

— Mon cousin, le peintre Toulouse-Lautrec.

Fichtre ! Je sais devant qui je suis ! Un déjà grand monsieur ce petit homme à tête de bossu, aux yeux radieux et féroces, aux joues semées de boqueteaux noirs. Une de ces prostituées de qui ses pinceaux ont si sauvagement fouetté la chair usagée l'a surnommé « la cafetière ». Il s'asseoit, demande *le Temps*, dit au garçon d'une voix d'abime : « Ma maitresse me trompe ! » et se plonge dans la lecture en chantonnant :

*Qu'on m'amène ce cavalier,*
*Tête, pieds et poings liés.*
*Et sortez-moi ce fantassin*
*Qui est peut-être un assassin...*

Je regarde, avec une curiosité fervente, ce douloureux paillasse, et je pense que c'est le supplice exagéré de sa petitesse physique qui donne à l'artiste la grandeur dont l'homme est dépourvu.

J'ai des compagnons, et désormais tout le temps dont le bureau me laisse disposer leur appartient. La voilà la flânerie ! Je vais, avec eux, aux courses, au tripot, au skating de la rue Blanche, dans les cafés de nuit et dans les cafés-concerts où Bourgès m'amuse, Paulus m'étourdit et Thérésa m'émeut. Les poings sur les hanches, le buste renversé, les yeux flamboyants, un énorme trou béant dans la bouffissure des joues, ce qu'elle hurle ne vient pas d'elle. C'est une voix de la nature, de la patrie, du peuple en révolte, du vagabondage, de la crapule, de l'amour. C'est magnifiquement horrible et abominablement beau !...

Mais, au bout de quelques mois de ce noctambulisme uniforme, je suis rompu et écœuré, car je ramène tout à un désir, une volonté qui, elle, si je m'agite, refuse d'avancer !...

Pourtant je reçois la visite d'un camarade de pension, d'un ami d'enfance avec qui je suis encore obligé de compagnonner et de noctambuler !...

Dans les cafés de nuit, un chien que les boulevardiers appellent Schaunard guette parmi les attardés celui qui voudra bien l'emmener coucher et à qui, dès le matin, le déjeuner partagé, il tirera sa révérence.

Je trimballe souvent Schaunard. Il trotte devant moi parce qu'il lui est arrivé de marcher à côté de rentrants éméchés qui perdaient l'équilibre et la route, en l'égarant lui-même. Et je pense que, de toute cette camaraderie fêtarde et égoïste, il n'est sorti que cette goutte de fantaisiste mais de pure amitié, ce chien qui m'indique le droit chemin en trottant devant moi !...

Mon ami Aydoux me harasse. Il aime le théâtre, pas le grand, mais le moyen, et je suis contraint de l'accompagner, chaque soir, partout où flonflonne l'opérette et où le rire sévit. Tout de même cela est moins décevant et moins bête ! Les pièces ne manquent pas, pour la plupart, d'agrément. Mais quels merveilleux artistes leur donnent la saveur et le charme qui leur feraient défaut sans la personnalité de leurs talents délicieux et forts ! Aux Variétés, Judic, entourée de José Dupuis, Baron, Lassouche, Léonce, Cooper ! A la Renaissance, Jeanne Granier.

Jane Hading, Desclauzas ! Aux Folies-Dramatiques,
le couple Simon-Girard ! A l'Ambigu, l'impression-
nant début de Réjane qui joue la *Glu,* de Richepin !
Aux Nouveautés, Ugalde, Brasseur et Berthelier !
Aux Bouffes, Montbazon ! Au Vaudeville, Dieu-
donné, Boisselot. Au Gymnase, Saint-Germain,
Landrol !... Au Palais-Royal, Hyacinthe, Geoffroy,
Gil-Pérès, Francès, Raymond, et Alice Lavigne !...

Sans doute, j'ai passé de délicates, divertissantes et
désopilantes soirées. Mais c'est égal, cette marche
au théâtre, sans répit, chaque soir ! Et nous voici
maintenant au Cirque d'Hiver, le nez levé, les regards
érigés vers des trapézistes qui traversent l'espace en
poussant de petits cris d'oiseaux !...

Je n'en peux plus, et je le signifie à mon ami dans
des termes qui l'emplissent d'abord de stupeur et
ensuite de joie.

— Tu es absurde, idiot ! lui dis-je. Tu vas rentrer
chez toi. Après cette existence imbécile, tu vas
claquemurer, dans la solitude, ta sensibilité, ton cœur,
ton esprit, ton talent quand tu as la chance de pouvoir faire une œuvre qui durera par la force vitale
que donnent, seules, la douleur et l'amour ?

Il m'écoute. Sa surprise a fait place à l'émotion.
Ses regards me remercient de lui reconnaître tant
de dons ignorés de lui-même. Il veut parler, je le
devance.

— Oui ! Oui ! Je sais ! Tu vas me dire : « Je ne
suis pas le mufle intégral qu'il faut être pour violer

ces deux femmes dégoûtantes et sublimes, la fortune et la gloire ! Je suis un pauvre bougre d'homme bien élevé que des parents ont cru munir d'un viatique admirable alors qu'ils lui donnaient l'arme avec laquelle, infailliblement, on se suicide, la modestie. Je suis l'homme qui dit aux gens pressés et qui jouent des coudes : « Passez donc, je vous en prie. » Mais, tu ne peux donc pas faire l'effort de remplacer ton savoir-vivre par le savoir-faire qui, seul, est important ? Tu ne peux pas faire l'effort de te créer des relations, d'aller frapper aux portes, d'intriguer ? C'est un devoir, tu entends, un devoir, et, si tu ne l'accomplis pas, je te le dis, avec toute la colère d'une vieille amitié, c'est une lâcheté dont jamais ta vie ne se relèvera !...

Il est à bout d'émotion. Il ne peut parler. Il me serre la main. Il va partir, le cœur gonflé d'orgueil et joyeux d'emporter ces choses dont peut-être il tirera profit. Je les lui ai dites dans toute ma sincérité. J'ai loyalement cru que je les adressais à lui. Et je suis sûr, maintenant, que c'est à moi, à moi seul que je les adressais !...

J'ai résolu d'agir. J'en ai pris, vis-à-vis de moi-même, l'engagement. Le tiendrai-je ?...

# II

# MON PREMIER GRAND HOMME

Je viens d'écrire deux lettres, chacune demandant une entrevue : la première à Albert Delpit contenant un message de recommandation que m'a remis une de mes vieilles parentes, message que ma conviction de son inutilité ou simplement ma négligence ont laissé mariner dans les pochettes de mon portefeuille depuis près de six mois.

J'adresse la seconde à Charles Buet m'autorisant d'une amitié commune pour un camarade, Francis Maratuech, maintenant directeur d'une revue de province, qui, par son intermittence, justifie son titre *le Feu Follet*. Deux jours après, je reçois les deux réponses. En trois lignes, dont les mots dansent frénétiquement sur le parquet glacé d'une carte, Albert Delpit m'invite à déjeuner pour le surlendemain. Charles Buet, avec des encres multicolores, m'exprime qu'il sera ravi de me voir chez lui, tel après-midi que je choisirai sur le coup de deux heures.

L'auteur du *Fils de Coralie* demeure au plus noir de la rue Taitbout. En gravissant les trois étages qui montent à son appartement, je suis très ému. Ce n'est pas le talent de Delpit qui m'inspire cette terreur sacrée, mais il est, dans le monde des Lettres, au seuil duquel il m'accueille, une personnalité magnifiée à mes yeux par le « succès » que je vais voir, de près, pour la première fois, et je sens que, si j'ai déjà grimpé pas mal d'étages, à présent je monte mon premier escalier.

Un valet de chambre m'introduit dans un salon qu'embrase et illumine un feu de la Saint-Jean. Je vois rouge et or. Mon trouble empêche que j'observe les choses qui m'entourent. D'ailleurs je n'ai pas le temps.

Une portière s'écarte. Un homme maigre surgit, court vers moi à pas pressés comme s'il était poursuivi, me tend une main fluette qu'il retire aussitôt, comme si je l'avais affreusement pincé, m'assaille d'une mitraille de mots qui m'affolent comme s'il me jetait du poivre dans les yeux :

— Bravo ! Vous voilà ! Comment va ? Jeune ! Jeune ! Veinard ! Cent fois veinard ! Asseyez-vous. Je suis à la minute. On répète ma pièce *les Maucroix*, à la Comédie ! A une heure !...

— Déjeuner au galop ! Vous arrivez ? J'ai lu ! Une vieille tante ! Un siècle que je ne l'ai vue ! J'avais six ans ! Femme distinguée mais conduite légère ! pas vrai ? Dites-le-moi ! Je m'en fiche ! Si !

Si ! Conduite légère ? Je me rappelle, femme immense ! Une latte !...

Je glisse :

— Toute petite et, de plus, une sainte !...

— Alors bravo ! Ma parole d'honneur ! Je me trompe. Ce n'est pas elle ! J'y suis. Vous avez raison. La gaillarde, c'est une tante bretonne ! C'est ça ! la tante Elodie ! Parfait !... Je ne dors pas ! Je ne ferme pas l'œil. Je me bourre de chloral. Mauvais ! mais je m'en fiche !...

Je le regarde. Il se frotte les mains, fait craquer ses doigts, sauter sa jambe comme si on lui tambourinait les rotules, tandis que son pied frétille dans la pantoufle de Cendrillon elle-même ! La figure a l'air d'une belette sortie de cet élégant veston de travail à revers de soie bleue. Ce n'est pas une figure. C'est un museau. Tout y est pointu, le crâne, le front, le regard, le nez, la bouche, la moustache, la barbe, et tout 'cela frissonne, se contracte, se crispe comme sous la menace d'une catastrophe ou d'un éternuement...

— Midi ! Midi ! Ma femme et mon fils ne rentrent pas ! Tant pis ! servez ! Servez donc, n... de D...

La porte s'est ouverte. Delpit se lève et, s'écriant ainsi que dans *la Juive* : « Léopold ! », s'élance dans les bras d'un géant à crinière de lion noir, au regard flamboyant et au verbe solennel.

— Tu viens déjeuner ?

— Non ! répond le géant. Je ne m'arrête pas. Le temps de t'embrasser et de te dire : A ce soir. Tu dînes avec moi, buffet de la gare d'Orléans. J'ai à te parler. Il le faut !

— Entendu.

— Vous l'avez reconnu ? Non ? Vous ne savez pas qui c'est ? Formidable, mon cher ! une force ! Une puissance ! Un apôtre ! Avant cinq ans, il aura groupé plus de trois millions d'hommes, de femmes et d'enfants ! Le Pierre l'Ermite de la Mutualité ! Retiens ce nom : « Mabilleau ! Léopold Mabilleau !... »

Comme nous nous asseyons à table, son fils arrive disant :

— Mère ne vient pas déjeuner...

— Parfait ! Mon fils ! Futur peintre...

Pour le moment, il est dans l'âge ingrat, car sa voix mue, tantôt vrille le tympan et tantôt envoie des coups sourds au creux de l'estomac. Delpit se lève de table toutes les cinq minutes, pour aller consulter Chateauvillard à propos d'un duel, écrire un billet oublié, noter des répliques pour la répétition. Puis, au café, tout à coup, se souvenant :

— Mais sapristi, j'y pense ! Vous venez faire de la littérature ? Qu'apportez-vous ? Fort bagage ? Roman ? Nouvelles ? Pièces de théâtre ? Volumes de vers ?... Rien ? Je vous donnerai des mots pour Lemerre, côté vers, et aussi pour Calmann-Lévy, côté roman ! Et puis vous irez dans le monde ! Il le

faudra. Et je vais être en retard ! Allez ! Oust !
Vous m'accompagnez à la Comédie. Je vous emmène.
Il faut vous familiariser avec cette Maison qui sera
la vôtre ! Parfaitement ! Constant ! Vite ! Mes
chaussures ! Veston ! Pardessus ! Chapeau...

Il me fait descendre l'escalier en trombe, me
pousse dans la voiture, où il parle tout seul, se jouant,
sans doute, une scène des *Maucroix*...

A l'entrée du théâtre, comme je m'apprête à
pénétrer dans le Temple, il m'arrête, voulant sans
doute que je me familiarise seulement avec la façade,
et me serrant la main avec effusion :

— Au revoir, cher ami. A bientôt ! travaillez !
travaillez ! et disposez de moi !...

Je reste là, immobile, ahuri. Que s'est-il passé ?
Je ne sais pas. J'ai cru que j'allais entrer en rapport
avec l'homme du jour fêté par le public, la presse et
les salons parisiens. J'ai cru que j'allais déjeuner
avec un homme de talent, de métier et d'esprit. J'ai
déjeuné avec un rat. Il est sorti de son cabinet comme
un rat. Il a poussé de petits cris de rat. Il a grignoté
son repas comme un rat. Il s'est enfilé dans la voiture
comme un rat et il s'est introduit à la Comédie-
Française comme un rat dans son trou.

Je ne sais pas au juste si j'ai envie de rire ou de
pleurer.

Je n'en dis pas moins, le lendemain, à mon chef,
avec un orgueil que je dissimule sous un ton léger :

— Hier, j'ai déjeuné chez Albert Delpit et j'ai

rendez-vous, dans deux jours, avec Charles Buet.
Pourrais-je disposer de mon après-midi ?

Il est sans doute impressionné par mes relations
naissantes, car ayant répondu : « Certes ! » il ajoute :

— Oh ! Oh ! vous vous lancez !...


## AUTRE VISITE


Au quatrième étage de la claire maison où demeure
Charles Buet, dans cette noble avenue de Breteuil,
où Paris fait moins de bruit à cause des Invalides
qui se reposent et des élèves du Sacré-Cœur qui
étudient, la vieille servante, apparue à mon coup de
sonnette, semble secouée par un tremblement de terre,
tant elle se disloque.

D'une main tâtonnante, elle m'ouvre la porte du
salon. Je me vois parmi des meubles fatigués et
luisants dont la bonhomie me dit :

— Asseyez-vous avec précaution.

Seul, dans un coin d'ombre, un piano droit me
montre les dents. Mais, soudain, j'ai un haut-le-corps.
Des regards jaillis du mur me foudroient et, côte
à côte, en deux grands cadres, une extraordinaire
figure m'apparaît et m'écrase. Un front en ciel de
tempête, des cheveux en crinière, des yeux qui
fulgurent, un nez qui défie et qui tranche, une
moustache en double tronçon de serpent s'enroulant
et se tordant autour d'une bouche sensuelle et rail-

leuse. Un reitre ? L'Electeur de Saxe ? ou un bourgeois qui se serait collé le masque d'un grand seigneur romantique et guerrier. Au-dessous d'un rabat de dentelles, des lettres de feu inscrivent :

> *A Madame Charles Buet*
> *Son cravaté de reconnaissance.*

Rasant le col du second portrait, ces deux lignes :

> *Ressemblant pour qui ne m'aime pas.*
> *Pour qui m'aime ? Non.*

Et, au-dessous de chaque inscription, en coup de fouet, l'éclair de la signature qui saigne et qui flamboie :

JULES BARBEY D'AUREVILLY.

Je regarde, effaré. Il me semble que le grand seigneur de lettres me toise et, la main sur la garde du porte-plume, me demande :

— Qui êtes-vous, monsieur ?

Mais un éternuement soudain me surprend. Je me retourne. Survenu en chaussons de feutre, Charles Buet me dit jovialement :

— Vous voilà ! comme s'il m'attendait.

— Vous regardiez le connétable ? est-il beau ?... Venez donc, chez moi, dans mon cabinet.

Le jour crépusculaire y est religieusement colorié par les vitraux des fenêtres et les meubles y sont bruns comme l'acajou des garnis. Buet a l'air d'un moine qui se serait vêtu en laïque pour, plus librement, s'éjouir. Il est bedonnant et luisant. Une courte et épaisse moustache lui colle une brosse à ongles sur la lèvre. Il a des dents chevalines, un nez enchifrené de priseur dont les éternuements projettent de la bruine et des yeux si proéminents que, dans l'exaltation, il semble qu'il va vous les lancer au visage.

Devant l'humble visiteur, il pontifie, parle, avec une fausse modestie cléricale, de l'immense succès remporté par sa pièce, *le Prêtre*, succès dû à un talent qu'il a le droit d'affirmer puisqu'il le tient de Dieu. Il proclame un furibond mépris contre Zola, Goncourt, Maupassant, tout le fumier du naturalisme, et son enthousiaste admiration d'écrivain catholique pour Veuillot, Ernest Hello, Barbey d'Aurevilly et Léon Bloy, un formidable polémiste encore inconnu, mais célèbre demain. Il est fanatique de Baudelaire et d'Edgar Poë. Il est affolé de mysticisme, de dandysme, d'haschischisme, de diabolisme et s'affiche si épouvantablement possédé de satanisme que, soupçonnant un exaspéré désir de m'épater, je hasarde une plaisanterie. Alors il éclate de rire et, débarrassé de son déguisement romantique, j'ai, devant moi, un brave homme, un excellent homme, non certes dénué de talent, doué d'un parfait bon sens, d'un esprit rieur et prompt, aussi un pauvre homme, gourmand de la vie qui se refuse et contre laquelle il lutte à coups de bec de plume pour nourrir sa famille, sa gentille petite bourgeoise de femme qui voltige, comme une mite, dans l'appartement et ses trois garçons qui remplissent la maison de tapageurs ébats.

Il s'intéresse sincèrement à moi. Il me parle de notre ami commun Maratuech. Il me demande s'il est riche. A moi aussi il demande si j'ai encore mes parents, si j'ai des propriétés, pourquoi je suis venu à Paris. Cette curiosité est affectueuse. Je sens, entre nous, naître de l'amitié. Je lui parle librement. Je lui confie mon immense désir d'écrire et ma naïve désolation de ne savoir quoi écrire. Il me dit :

— Il faut voir du monde. Venez chez moi. Nous recevons tous les mercredis soir, après dîner. Vous y verrez Barbey d'Aurevilly de qui nous devons profiter car il a plus de quatre-vingts ans, François Coppée, Léon Cladel, les grands hommes, les gloires de demain comme Maurice Rollinat, le plus extraordinaire poète qui soit au monde, Léon Bloy, un génie qui est l'espoir et la terreur de l'Eglise, Emile Goudeau, de qui vous connaissez l'admirable *Revanche des bêtes*, Edmond Haraucourt, Jean Moreas, Laurent Tailhade, Jean Lorrain, Joséphin Péladan, Oscar Métenier, Charles Cros, Fernand Crési, Georges Lorin et des jeunes gens, des élégants, des bohèmes mais des ardents qui savent s'enthousiasmer et qui fondent des cénacles retentissants comme les hydropathes dont vous serez, à moins qu'ils ne soient abolis par les Hirsutes ! Enfin je

vous dis ce que je dis à mes amis : Vous êtes ici
chez vous. Venez-y donc et que ce soit sans tarder.
Commencez mercredi. Mais oui, sans hésiter. Alors,
c'est entendu. A mercredi prochain. Il faut que
j'écrive un article, pour quatre-vingts francs, jour de
Dieu ! Pour quatre-vingts francs ! A mercredi...

## LE CONNÉTABLE

Ce soir-là, un peu après neuf heures, je sonne à
la porte de Charles Buet. J'ai les doigts tremblants et
l'angoisse me saisit à la gorge, car une rumeur,
venue du salon, me signifie que je vais comparaître
devant une assistance d'hommes et de femmes
célèbres.

J'entre. Buet vient à moi, me présente à sa femme,
ensuite à ses invités, de qui, au fur et à mesure, il
prononce les noms. Je suis d'abord surpris. Mon
étonnement s'accroît, devient de l'inquiétude et, le
tour de l'assistance terminé, je m'assois en proie au
désappointement. Pas le moindre grand homme !
Il n'y a là que d'incolores et mornes inconnus. Buet
imite le rugissement de Tailhade dans une scène du
*Prêtre.* Un chef de bureau des postes et télégraphes,
en calotte de velours et en escarpins d'intérieur,
puisqu'il habite l'étage au-dessus, mime une querelle
administrative qui révèle un de ses supérieurs en
fâcheuse posture. Un capitaine de pompiers, — parfaitement, — venu avec ses deux filles, jolies et

élégantes, raconte qu'avec des sabres-baïonnettes il s'est fabriqué un lustre dont sa femme déclare que c'est une œuvre d'art, — et un petit jeune homme, sans y être invité, chante d'une voix de peintre sur son échafaudage :

*Dans les sentiers remplis d'ivresse*
*Allons ensemble à petits pas.*

Répondant à une question que vient de lui adresser une dame, Buet affirme :

— Non, madame, nous n'aurons pas Rollinat, ce soir ! Il n'est pas libre. En revanche M. d'Aurevilly m'a promis de venir.

Mais le doute est entré en moi et l'anxiété me dévore. Elle a tort. Un soudain et impérieux carillon vient de fracasser la sonnette et un homme noir entre, tête baissée, roulant des yeux menaçants. Le jeune chanteur murmure peureusement :

— Léon Bloy.

Sans accorder un salut ou un regard aux personnes présentes, il va droit à Buet qui ne paraît pas tranquille et lui signifie d'une voix qu'il croit confidentielle mais que tout le monde entend :

— M. d'Aurevilly est là. Il me charge de te dire que si mademoiselle D... ne doit pas venir, il va finir sa soirée chez Delphine, au café du Commerce.

— Elle viendra ! C'est sûr ! Je le jure ! proteste Buet se précipitant vers la porte qu'il ouvre comme l'huissier pour annoncer : « Le Roi. »

Et, précédé, en guise de chambellan, d'un jeune homme à visage angélique et à toison de brebis, un homme extraordinaire entre dans le salon. Il est haut et grand. Il a les joues couperosées farouchement maquillées, la moustache brune et les cheveux cosmétiqués avant qu'il leur permette de devenir crinière. Il est vêtu d'une redingote qui, dilatée par un corset bombe en cuirasse noire sur son buste et, coulissée à la taille, s'évase en tunique militaire jaillie du ceinturon. Un pantalon gris-souris, qu'une large bande jaune orange lèche comme une flamme, colle à ses jambes et s'adapte par un sous-pied à la botte vernie. Sur le sombre plastron, s'étale un rabat de dentelles et ses gants blancs glacés ont des crispins de cent-garde dont l'entonnoir monte et s'arrondit presque à hauteur du coude. Cela peut sembler carnavalesque, mais rien à faire pour la plaisanterie. Le front qui est la façade d'un palais du génie, le port de la tête et l'autorité du regard enclouent, sur les lèvres des plus gouailleurs, le sourire naissant. Il marche à pas lourds et comptés. Il ne voit personne si ce n'est lui, peut-être, dans la glace.

La tête ne consent à s'incliner que pour toucher, des lèvres, les doigts de Madame Buet, et il va s'asseoir sur le canapé où seul, un poing sur la hanche et une main sur la cuisse, il siège. Il fait mieux. Il règne, et avec lui, le silence qui paraît éternel. Peu m'importe ! Je le vois. J'ai, devant moi, l'Incomparable à qui je dois mes plus frémissants enthousiasmes. J'évoque, autour de lui, les chevauchées, les échevèlements de passion, les suavités et les frénésies de l'*Ensorcelée*, du *Prêtre marié*, du *Chevalier des Touches*, des *Diaboliques*. Buet a raison. Il a quatre-vingts ans. Ce flamboyant peut s'éteindre, tout à coup, là, devant nous. Aussi je m'en emplis les yeux. Je n'en perds ni un mouvement ni un geste. J'attends qu'il parle. Mais vainement. Buet s'évertue en compliments de bienvenue adulateurs et joviaux. Il n'obtient qu'une légère oscillation et une sorte de sourire. Cependant, tandis que des orangeades et de la bière circulent et chancellent menacées de chute par la claudication de la vieille servante, Madame Buet offre au grand et immobile dandy un petit verre de kummel, sa liqueur préférée. Il le dédie galamment à la verseuse et, l'ayant vidé d'un trait, à la russe, le pose près du flacon demeuré, sur un guéridon, à portée de sa main.

Cela suffit. Un sourire de femme ou une étincelle d'alcool, et ce vieux Faust retrouve ses trente ans. Ses lèvres se desserrent. Les joues se foncent au rouge brun. Les yeux pétillent. La parole est encore mal réveillée. Elle zézaie, et siffle à cause des dents espacées. Elle se prépare. Elle fait sa toilette, et, quand elle est tout à fait habillée comme lui, cravatée de dentelle, gantée de blanc et chaussée de vernis, elle sort. Même, dans l'enjouement, il lui faut l'hyperbole, et elle s'adresse toujours à un interlocuteur imaginaire qu'elle appelle : « Monsieur ».

— Les médecins, monsieur ! les médecins !
Molière a été envers eux d'une indulgence ! L'un
d'eux vient chez moi et me demande :

— Qu'avez-vous ?

— C'est à vous de le savoir ! Tout ce que je sais,
c'est que mon estomac est devenu la boîte de Pandore
et que mes entrailles sont les cavernes d'Éole ! Et il
me répond :

— C'est de la dyspepsie !

Ce nom grotesque ! Non seulement ils ne gué-
rissent pas la maladie, mais ils la ridiculisent ! Et ils
en dégoûteraient le moribond lui-même ! D'ailleurs
il n'y a plus que des efféminés ! Il n'y a plus de reins
ni d'estomacs ! Quand je pense, monsieur, que nous
allions de Paris à Valognes, d'une traite, sans mettre
pied à terre ! Nous avions des vessies d'airain,
monsieur !...

Et le voilà dans l'évocation. C'est la féerie. D'un
mot, une époque ressuscite, un décor s'illustre, un
dogme se formule, un héros se campe, une statue
s'érige, une idole s'écroule, et je vois, tour à tour,
les trois glorieuses, le marais vendéen, la lande
bretonne, le romantisme, Saint-Simon, Jean-Jacques,
George Sand qu'il fustige, les bals de l'Opéra,
Beauvoir, le chevalier d'Orsay caracolant, mettant
un genou à terre devant une jeune femme, se battant
en duel pour la Sainte-Vierge insultée et l'énorme
Demidoff ronflant dans une baignoire aux Variétés,
tandis que sa maîtresse, une actrice malmenée par le

redoutable critique, l'assaille à mi-voix, d'un vocabu-
laire si poissard que d'Aurevilly, touchant du bout de
sa badine le front du dormeur, lui dit :

— Réveillez-vous, prince, et reconduisez cette
femme au lavoir !

Sans transition, il se déchaine contre *la Revue des
Deux Mondes,* dont un collaborateur a éreinté
Murat ! Il évoque si magnifiquement le Centaure et
la bataille d'Aboukir que, n'y tenant plus èt cédant
à l'irrésistible besoin de me signaler à un tel
homme, je m'écrie quand il a fini et qu'il boit son
kummel :

— Murat est de chez moi !...

On rit. Mais, aussitôt, j'ajoute :

— Permettez-moi de vous dire comment il synthé-
tisait, après l'avoir racontée à ses compatriotes, la
bataille d'Aboukir. Quand il en arrivait au grand
coup de sabre décisif, il proclamait, dans son patois
natal :

— Y partatséri lo mo coumo un froumatsé dé
Rocamadour !

Traduction exacte :

— Je lui partageai la main comme un fromage de
Rocamadour !

Mon intervention n'émeut pas d'Aurevilly, mais
Rocamadour l'émerveille, et il répète :

— Rocamadour ! Rocamadour ! Quel nom !...

— Et quel pèlerinage ! reprends-je. Le plus
antique du monde peut-être ! Celui qui a le tombeau

de Zachée sur ses dalles et la Durandal de Roland enfoncée dans le roc !

Cette fois j'ai frappé juste. Il a reçu Zachée et la Durandal au creux de l'estomac. Il en sursaute. Mais voici, dans un fourreau de velours noir, pâle et rousse, la tragédienne attendue, Mademoiselle D... Elle va s'asseoir. Le flirt commence. Alors, comme le spectacle de Faust, si beau dans sa vieillesse, me parait désolant dans sa fausse jeunesse, je m'éloigne et me dirige vers le coin d'ombre où un grondement souterrain me dénonce Léon Bloy.

A cause du bienveillant sourire de d'Aurevilly, il m'est favorable.

— Vous êtes du Quercy rocailleux ? me dit-il.

— Et vous du Périgord noir ?

— Je le broie, répond-il.

Nous causons. Je parle. Il grogne, mugit, ricane et rit tour à tour comme Satan ou un enfant de chœur. Zoologiquement, il a une tête de lamproie sur le corps onduleux que l'on attribue au serpent de mer, même au serpent d'église, car sa silhouette est celle d'un ophicléide debout. Humainement, il a de beaux gros yeux clairs où passent des regards d'assassin, des éblouissements de visionnaire, des larmes de martyr et des rires de bébé, car il y a, en lui, un être qui souffre, un Titan d'orgueil, un Caïn de haine, un démoniaque et un premier communiant. Il est suave comme l'hostie et grossier comme le pain d'orge. Avec la même écume de rage, il prie Dieu et l'engueule. Pour la Vierge, il égrène des rosaires d'amour et lui débite des chapelets d'injures, et je lui connais, par une indiscrétion de Buet, un saint dans la banlieue que, tel un Napolitain délirant à l'égard de saint Janvier, il traite, exaucé, d'ineffable bienfaiteur et, inécouté, de chenapan et d'immonde cochon.

Cet homme est un phénomène. Il n'a pas encore publié une ligne et il exige que le monde entier le submerge de gloire et le rassasie d'or. Il ne dit plus : « Je veux aimer », il ordonne : « Je veux être aimé », ou simplement, déclare : « Je suis aimé. » Dieu, selon lui, a des relations abominables. C'est pourquoi on ne peut lui accorder une entière confiance. Aussi a-t-il plus foi en lui qu'en le Très-Haut lui-même ! Il croit qu'il arrêterait le soleil rien qu'en le traitant de salop et qu'il renverserait les murs de Jéricho rien qu'en y écrivant : « M.... pour Josué », et il ne se doute pas que, chez lui, à côté du vociférateur de génie qui viole l'enthousiasme, il y a un humoriste incomparable qui dilate la rate. Je ne sais pas pourquoi, en l'écoutant, j'ai envie de fredonner le vers ridicule de *Mignon :* « Son regard m'intimide et sa voix m'effarouche. »

J'ai tort de ne pas le faire. Il en rirait comme on ne rit que dans l'enfer ou au Périgord noir !

Le jeune homme angélique nous annonçant :

— Je suis au comble du bonheur ! Je recevrai demain la Sainte Communion !

Bloy me dit, de son ami :

— C'est un esprit inférieur, mais une belle âme, un chrétien magnifique qui est, en même temps, comptable chez un chemisier juif !

Il me dit encore :

— Quand ce n'est pas à Dieu, c'est au diable que vous parlez, et il vous écoute dans un silence formidable !

Et ceci qui me parait être la plus mathématique formule du communisme :

— Tout homme qui possède cinq francs me doit deux francs cinquante.

Enfin voilà du nouveau ! Je m'amuse indiciblement. Maintenant, nous jouons au jeu de massacre. Je propose un nom et Bloy lance la balle.

— Ernest Renan ?

— Le dubitateur volubile.

— Louis Veuillot des Odeurs de Paris ?

— L'enrhumé du cerveau.

— Zola ?

— Le porc.

— Flaubert ?

— Le bourgeois enragé.

— Maupassant ?

— Le souteneur normand...

Et quant aux personnes présentes, il ne me les désigne que par les monosyllabes réputés les plus

outrageants et qu'il fait toujours précéder du mot
« vieux ».

Puis, quand nous allons sortir et qu'il prend son
chapeau, il me dit, en me montrant les rebords du
monumental haut de forme où le velours roussit :

— M. d'Aurevilly ne pense pas à moi quand cet
aigle se colle du velours sur les ailes !...

Avec les doigts dévots d'un jeune diacre manipu-
lant la chasuble d'un prince de l'Église, le communiant de demain déploie sur les épaules du connétable
un manteau à vaste capuchon et « polonaisement »
bardé de brandebourgs.

Dehors, nous lui faisons escorte. Repris d'indignation contre l'iconoclaste de la *Revue des Deux
Mondes*, il fulmine des anathèmes en faisant siffler
sa badine, et, tandis que des familles bourgeoises
regagnent leur demeure et, prenant pour elles ces
insultantes clameurs, passent, grommelant, haussant
les épaules, Barbey d'Aurevilly s'écrie dans la nuit :

— Ce sont des indigents, monsieur ! des
indigents !...

Enfin, ayant cheminé au long d'une noire rue
provinciale, le connétable s'arrête devant la porte
d'une morne maison et me tendant deux doigts toujours gantés me dit :

— Me voici chez moi, monsieur, dans mon tourne-
bride de lieutenant.

Je rentre, la tête brûlante, l'esprit bouleversé.
Décidément mon imbécile vie d'hier me semble

morte et, dans le *sursum corda* de cette prodigieuse
parole, pourtant à son dernier souffle, il me semble
que je viens de naitre à un monde nouveau.


## LE SPECTRE DE LA NÉVROSE


Le mercredi suivant, avenue de Breteuil, j'arrive
des premiers, m'excusant de ma familière assiduité.
Le maitre de maison m'accueille avec sa cordialité
chaleureuse quand un vacarme, qui a plutôt l'air d'un
écroulement que d'une ascension, retentit dans la
cage de l'escalier et me fait sursauter. Buet me dit :

— Ce sont les poètes.

En bon général, instruit à fond des forces ennemies
qui viennent l'assiéger, il m'en désigne les chefs.
Leurs noms me sont déjà connus. C'est l'irruption.
Ils entrent en tumulte, parlent tous à la fois. En un
clin d'œil, le salon est bondé, les places prises, les
cigarettes allumées. Le brouhaha rembrouille les
conversations. Un moment on parle de ce cabaret du
« Chat noir » qui se fonde boulevard Rochechouart,
et que son patron, Rodolphe Salis, défend, chaque
nuit, secondé par son unique garçon, contre les assauts
des souteneurs du trottoir. Mais Buet, frappant, l'une
contre l'autre, ses mains, réclame des vers.

C'est Emile Goudeau qui, le premier, se lève.
Avec sa barbiche en pointe et ses moustaches

retroussées, il a l'air d'un Valois qui aurait mis au clou sa fraise et ses crevés pour se payer un complet plus moderne. Toute la verve de Montmartre ironise, rit et s'attendrit aux yeux et aux lèvres de ce Périgourdin de qui l'esprit se fait idéalement bon pour les animaux dans *la Revanche des bêtes*, et si généreusement cordial aux « soiffeurs » dans cette effarante bataille des boissons commandées par le baron Bock et le major Bitter.

Haraucourt lui succède, et c'est un grand poète qui se dresse de toute sa hauteur. Il a le visage abrupt et accidenté, semblable au moyen âge « énorme et délicat ». Sa parole décrit des lacets d'où elle rapporte de splendides trouvailles, et je ne sais rien de si magnifiquement beau et poignant que le sonnet dont il martèle douloureusement les vers comme les coups de fouet pleuvent sur ce cheval de fiacre auquel il est dédié, et :

*Dont, s'il était un homme, on aurait fait un saint.*

Fernand Icres n'a pas voulu de ce nom hérissé comme sa poésie. Il s'appelle Crési. C'est un maigre garçon à longs cheveux noirs, pâle comme un moribond, mais doué d'une voix terrible et qui nous dit sa *Belle Pyrénéenne* avec un accent de gave roulant tous les rocs et les cailloux de la Maladetta.

Un jeune homme haut et flexible, Georges Lorin, murmure quelques vers fluides et musicaux. Puis

Marie Kryzinska, une grasse et voluptueuse polonaise, chante au piano son *Retour de la Fête,* et sa voix âcre comme la bise charrie toutes les herbes, les poussières, les tristesses, les idylles, tout ce qui rentre à Paris, la tête basse, la bouche sèche, et le pas traînard, le soir d'un beau dimanche qu'on a passé aux champs.

Mais la porte s'ouvre et Léon Bloy annonce d'une voix qui commande silence :

— Rollinat !...

La portière s'est soulevée, et c'est un fantôme qui entre. Le spectre de la Névrose. Le corps est si fluet, si élastique et vêtu d'étoffe si neutre qu'il s'efface. La tête seule apparaît. Enorme, chevelue et livide, elle oscille, d'une épaule à l'autre, comme si elle battait la mesure ou marquait le rythme de pas flexibles et muets. C'est un extraordinaire masque de puissance, d'angoisse et d'amère ironie. A la lumière, la pâleur devient cadavérique et, comme une agonie, s'étend sur tous les traits. La crinière s'engrise. Le front, immense, blêmit. Les yeux se décolorent. Le nez se pince. Sous la moustache qui se cendre et s'embrouille, la bouche se crispe, et d'un brun jeune homme de trente-cinq ans, la lumière fait, tout à coup, un homme presque vieux qui s'inquiète, qui souffre et qui a peur. Et rien, dans la tenue ou l'expression, de voulu, de « chiqué » comme on dit à Montmartre ou de cherché pour épater le monde ! Autant le personnage de Barbey d'Aurevilly est un chef-d'œuvre de travail et de composition, autant celui-ci est un être de nature de qui la sensibilité de plein vent se cogne, se meurtrit, se blesse, s'épouvante dans l'étroitesse des rues et l'étouffement des salons parisiens. Il est berrichon, fils de Rollinat qui, député en 48, fut ami, lui aussi, de George Sand. La bonne dame eut, dit-on, le père à ses pieds et fit danser le fils sur ses genoux.

Ce n'est pas un rustre. C'est un rustique frappé au cœur par la passion natale. Délogé de ses brandes par une fringale de gloire, il sera repris par la fringale du sol. Et le drame intérieur que révèle ce visage en détresse, c'est la lutte de ses racines qui le tirent contre le succès qui l'attire, du Berri qui le rappelle par son petit nom et de Paris qui commence à murmurer son nom. Avec une cordialité automatique, il tend la main à ses amis, salue, d'un brusque coup de tête et d'un « bonjour madame » ou « monsieur », sans voir le monsieur ou la dame, et va, fantomatiquement, s'asseoir sur la plus modeste chaise en se plaignant du temps.

On l'y supporte à peine quelques minutes. Buet supplie. Rollinat n'en demande pas tant et, déjà, le voilà au piano, interrogeant :

— Que voulez-vous ?

— Du Baudelaire ! s'exclament quelques poètes.

Mais la majorité réclame :

— Du Rollinat !

— Il est décent de commencer par Baudelaire !

Et, ayant annoncé : *La Tristesse de la Lune*, il chante. Est-ce un chant ? C'est hors de toute composition et de toute technique. C'est au-dessus de tout solfège, et c'est inimaginable de mystère, de magnificence et d'émoi. Le premier accord saisit par la surprise du son entendu pour la première fois et on écoute, on regarde, on voit, on respire les somptueuses voluptés que dévoile, en se confondant avec elles, cette voix âpre et féline qui languit et se pâme :

*Ce soir la lune rêve avec plus de paresse*
*Ainsi qu'une beauté sur de nombreux coussins.*

Sous la magique suggestion de cette voix, on se baigne dans cette splendeur jouisseuse. On en reçoit l'haleine. On en respire les parfums. On en voit la chair pâle et rose qui :

*D'une main légère et distraite caresse*
*Avant de s'endormir le contour de ses seins,*

et l'on entend le soupir de la nuit qui défaille d'amour en attendant le premier baiser du soleil. Et c'est beau à tomber à genoux !...

Mais voici que, maintenant, Rollinat chante du Rollinat.

C'est la terre natale qui, avec lui, chante et s'éplore. C'est elle qui réclame son poète, son enfant prodigue et prodige. C'est Eurydice qui rappelle Orphée et dresse passionnément, devant ses yeux, les visions des paysages aimés. La figure du chanteur est sillonnée d'expressions. Elle ne s'appartient plus. Les sentiments et les choses évoqués la peignent, la décomposent, la recomposent, la crispent, l'épanouissent. Il est comme désincarné et, tour à tour, réincarné. Il devient le pâtre au creux du vallon, le moissonneur de qui la faucille d'or rase la plaine ou le bouvier qui pousse, à l'horizon, ses bœufs dont les cornes allument des étoiles. J'en suis, moi aussi, d'une contrée où il y a de ces choses ! Et c'est pourquoi, tandis qu'il chante, j'assiste, la mort dans l'âme, à sa *Mort des fougères*, je me recueille, avec le silence, qui « revient dans les couchants roses », je m'attarde dans le « cimetière aux violettes » qui embaume tous les alentours, je m'éblouis à l'apparition du :

*Grand fer à cheval du firmament mouillé*
*Bleu, rouge, indigo, vert, violet, jaune, orange,*

je me lamente avec le « chant d'automne », me racontant qu'il n'est :

*Plus de nénuphar sur l'étang !*
*L'herbe se meurt, l'insecte râle,*
*Et l'hirondelle, en sanglotant,*
*Disparaît à l'horizon pâle.*

Et voici que, tout à coup, mes vingt ans s'épanouissent en recevant ce coup de soleil matinal :

> *Dans le champ planté de colzas,*
> *De luzerne et de betteraves,*
> *Devant les grands bœufs doux et graves,*
> *Je passais lorsque tu passas.*

Mais, à présent, sous un rythme frappant à coups pesants et redoublés, comme s'il clouait un cercueil, le chanteur reprend, avec Baudelaire, le terrible acheminement de l'homme « à travers la tempête et la neige et le givre ! » le mène vers l'auberge où « l'on pourra dormir et manger et s'asseoir », puis, dans une assomption, peut-être libératrice, l'élève jusqu'à l'entrée de sa patrie mystérieuse en lui disant :

> *C'est le Portique ouvert sur les cieux inconnus.*

Avec tous les auditeurs, à chaque halte, j'ai crié : — Encore ! Encore !

Il me semble que d'incomparables arcanes de beauté viennent de m'être révélés et que je suis initié à une foi nouvelle. Je suis étourdi, fanatisé et je rentre chez moi , la pensée tournoyante, titubante, absolument ivre, au sortir de cette orgie de poésie et de chant, qui fut, véritablement, une saoûlerie d'art !...


## AUTRES GENS, AUTRES MŒURS

J'ai vingt-deux ans. Sensations et émotions, je les reçois à tête et cœur ouverts. Je rembourse en admiration, même en enthousiasme, et il me semble que je ne paierai jamais assez cher l'artiste à qui je dois toute ma dévotion. J'ai donc le droit, si le rare succès de la beauté m'exalte, d'être exaspéré quand la laideur triomphe. Mais je suis, à coup sûr, injuste quand je ne sais pas pardonner à l'artiste, par égard pour son œuvre, l'horripilation que dégage pour moi sa personnalité.

Il y a, ce soir, quand j'entre dans le salon de Buet, un petit personnage en ivoire et en ébène, pérorant et vautré, autant que le lui permet sa chétivité, dans un voltaire qui, en l'entendant, doit sentir son hideux sourire voltiger sur ses ressorts cassés !

C'est Joséphin Péladan. C'est déjà un écrivain de forte race, un puissant ciseleur du verbe, un curieux mineur du mystère, qui taille et qui pioche dans l'occultisme et l'ancien testament. Il se nourrit de la Bible et de d'Aurevilly. Mais il ne boit que du Joséphin Péladan. Il est, lui-même, son unique boisson. Il se déguste. Il se sirote. Il se boit aussi à grands bols, tantôt comme du punch et tantôt comme du lait. C'est un bel écrivain mais, bon Dieu, quel cabot ! On dirait, à le voir, d'un séminariste assyrien devenu charlatan ou marchand de parfums. Avec sa tignasse noire, ses yeux noirs et sa barbe noire, il me semble, quand j'entre, qu'il a vendu toutes ses pastilles du sérail et que la cigarette fumant entre son pouce et son index est tout ce qui lui reste de papier d'Arménie.

On l'appelle « le Mage ». Mais, comme cette appellation lui semble déjà insuffisante, il est en train d'établir, par des migrations de rois et d'âmes, une généalogie qui fait remonter Péladan, — vocable corrompu, — à Balan ou Baladan, le premier des cinq rois de la Pentapole au temps de Sodome et de Gomorrhe. Or, le titre authentique de ces monarques étant « sâr », d'où « César », puis « tsar », il pourrait, s'il le voulait, établir son droit à se nommer le sâr Péladan. Mais, comme il signifie cet état civil au chef de bureau des Postes et Télégraphes, celui-ci, flatté et désireux de ne pas demeurer en reste, se déclare partisan du Darwinisme et pas humilié du tout de descendre du singe.

On éclate de rire. L'esclaffement s'arrête net. Quelqu'un entre, et, moins pour le présenter que pour exprimer une heureuse surprise, Buet nomme :

— Jean Lorrain.

Ah ! que j'aime son art ! Quel beau poète ! Quel puissant fouilleur et quel arrogant fouailleur de son temps ! Il brasse l'humanité parisienne, au jour le jour de ses chroniques, et l'autre humanité, dans ses poèmes, avec des doigts impertinents, nerveux et volontaires qui en extraient des essences de beauté et en font jaillir des gaz de pourriture. C'est un grand gars normand. Il est taillé en force et en santé. Pourtant son aspect inquiète et l'on sent que, dans ce robuste, c'est comme dans l'ancienne Pologne, il y a quelque chose qui... ne va pas, ou bien qui va trop fort. Il a les joues pleines et blafardes, la tête pointue, les cheveux si rabattus qu'ils mangent le front jusqu'aux sourcils, les yeux désorbités et, d'une bouche moustachue, sa parole sort empâtée de bouillie, de crème, de tarte dont elle se dégage violemment pour devenir tour à tour mignarde, agressive, gênante, accompagnée de petits gestes coquets et de regards impudents.

Il porte un complet prune d'une élégance et d'un ajusté à donner le frisson. Un allégorique joyau devrait mieux se cacher dans les plis de son plastron feu, et sa présence inflige à toute la maison quinze jours de parfum. Il est entré dans la littérature avec une merveilleuse gerbe de fleurs qui, tout à la fois, embaume et empoisonne. Il entre de même, ayant aux doigts parés de sardoines et d'opales, une orchidée splendide et monstrueuse que, d'un geste de primitif, il offre à l'auteur du *Prêtre* en lui disant :

— Elle est trop indécente pour que je puisse l'offrir à Madame Buet.

Il prend le crachoir, c'est le cas de le dire, et ne le lâche plus. D'un souffle, il éteint le sâr. Il raconte tous les potins du jour et ceux du lendemain. Il ouvre des alcôves qu'il referme avec des airs dégoûtés. Il révèle des salons équivoques, des bars épouvantables, des bouges d'assassins. Il émeut et amuse. Sa parole qui jaillit bruineuse comme d'une pomme d'arrosoir fait tour à tour la pluie et le beau temps.

Mais, comme on a besoin de se dire qu'au demeurant Lorrain est un fort honnête garçon, qu'il vit auprès de sa mère, femme distinguée d'esprit et de sentiments, dans la plus filiale communion de tendresse, dans la plus intime collaboration littéraire. Comme on a besoin de se rappeler quelques belles pages de lui, pour combattre ce lourd parfum qu'il dégage, qui porte à la tête et ferait mal au cœur !...

# III

## CHEZ L'ENTREPRENEUR
## DE DEMOLITIONS

Je passe quelques instants, cet après-midi de congé, chez Léon Bloy. Il habite une chambre épouvantable dont la porte ouvre, comme un battant de placard, sur une marche d'escalier, juste, si on n'y prend garde, pour se casser la tête et, en tout cas, pour recevoir les émanations de cabinets invisibles, mais, à coup sûr, très proches.

C'est même, sans doute, la notion de ce précipice qui lui inspira cette réponse à l'homme furieux le provoquant en duel et le menaçant de lui envoyer deux amis :

— Qu'ils prennent garde ! J'ai un escalier pour témoins !

Cette chambre évoque moins la cellule du moine que celle du prisonnier et, dans sa féroce nudité, le regard cherche l'adoucissement de la boule de pain et de la cruche d'eau.

Au-dessous, demeure une dame fort âgée, veuve d'un écrivain cynégétique, et qui, dans les trois pièces exiguës de son logement, offre, chaque semaine, à quelques amis fidèles une tasse de thé. Comme je m'étonne de la présence assidue de Bloy à ces soirées, il me l'explique :

— Elle a, dans son salon, un canapé inestimable et j'y dors comme un élu dans la béatitude et la paix.

Je lui apprends que, la veille au soir, j'ai frappé de coups de poing sa porte sans pouvoir obtenir de réponse.

— J'ai entendu, me dit-il, mais, comme je suis réveillé souvent par des coups semblables et que je sais être assénés par de pauvres âmes exigeant des prières, j'ai pris mon chapelet et j'ai dû sans doute, pendant que vous vous morfondiez, me rendormir en priant...

Il a le front courbé sur une page où je vois se suspendre, à la pointe de son minuscule pinceau, toute une faune symbolique parmi des bleus, des rouges, des verts et des ors de tableau primitif. Bloy n'a pas seulement l'écriture monacale des livres de plain-chant, il possède un miraculeux talent d'enlumineur, et il enguirlande un ouvrage du comte R. de L, tout en vomissant une demi-douzaine de ses contemporains.

J'objecte :

— Bloy, vous n'avez encore que trente-six ans. Je sais bien que c'est trois ans de plus qu'il ne faut pour un Calvaire, mais vous vous plaignez de vos contemporains, et vous les attaquez avant de leur avoir jeté à la face l'œuvre qui est en vous !...

— Parce que je sais quel supplice lui réservent ces voyous qui sont pires que des assassins, des bourreaux !

— Quel supplice ?

— Le silence !

— Comment le savez-vous ?

— Je le sais ! D'ailleurs, spécifie-t-il, me voyez-vous charpentant des romans ou fignolant des contes ? Je ne suis pas l'architecte de ces ouvrages. Je suis un entrepreneur de démolitions.

Et voici qu'après le vociférateur, le prophète se lève :

— ... Voyez-vous, les temps sont révolus et les autres sont proches. Vous n'êtes sauvés qu'en espérance, dit saint Paul ! Le péché contre l'Esprit ne sera pas remis, affirme saint Mathieu. Tout, vous entendez bien, mon ami, tout veut que nous pressentions la venue de l'Esprit ! Qui sait si, déjà, il n'est pas parmi nous !...

Je sens que si je bousculais cette modestie chancelante, et si j'appuyais en disant : « Qui sait s'il n'est pas devant moi ? » il répondrait : « Qui sait ?... »

Je ne vais pas jusque là. Je regarde cet être qui souffre et qui s'enivre d'espérance jusqu'au délire. Mais je ne le vois pas à l'image du Saint-Esprit, car, s'il a une langue de feu, il n'aura jamais des ailes de colombe.

D'ailleurs, brusquement, il change de ton et me dit :

— Vous savez ce qui se passe ?

— Quoi donc ?

— Un troupeau de cochons à la tête desquels s'est mis notre inénarrable Buet a décidé de pousser ce pur artiste qu'est Rollinat aux plus immondes compromissions du succès et, pour le coup de tam-tam initial, il veut le présenter devinez à qui...

— Impossible...

— A Sarah Bernhardt, mon cher ! A Sarah Bernhardt !

Sans être scandalisé comme lui, je suis tout de même surpris.

— Vous êtes sûr ?

— Je le sais.

— Après tout, quel mal y a-t-il à cette présentation ?

— Quel mal ? simplement celui-ci qu'ils demandent à Sarah Bernhardt de lancer ce poète, d'en faire le poète du jour, le phénomène qu'ils exploiteront, qu'ils promèneront de salon en salon, de salle en salle, jusqu'à ce qu'il en arrive à chanter *la Tristesse de la Lune* ou *l'Ame des Fougères* dans le beuglant final où il mourra sous les sifflets !

Je suis ému et très intéressé. Le vociférateur a raison. Je connais, chez Rollinat, les angoisses contre lesquelles se débat sa conscience d'artiste aux avant-postes du succès. La bataille sera rude et décisive. Qui triomphera, le poète ou l'ambitieux ? Mais la nouvelle rapportée par Bloy est-elle exacte ? Je le saurai bientôt. Je le quitte après qu'il m'a dit :

— Je veille et je serai contre ces porcs, non pas le cochon, mais le sanglier de ce saint Antoine que la tentation risque de dévorer !...

## GALA ET RENCONTRE CHEZ ROLLINAT

Le poète habite une des plus majestueuses et lugubres maisons de la rue Oudinot. La montée de l'escalier est, d'abord, une impressionnante ascension vers le mystère, car les ombres, dans un éclairage funéraire, se projettent sur des murs suant comme d'angoisse. Il y a gala chez Rollinat qui, déjà, est au piano. Comment peut-il se faire entendre à travers ce nuage de tabac si épais et si aveuglant que deux poètes y pourraient entrer en collision et s'anéantir, comme deux bateaux dans la brume. Peu lui importe ! Son chant est maître du brouillard. Tantôt il y creuse et enchevêtre des corridors d'épouvante, tantôt il en fait une vapeur rosée d'aurore ou soulève la fumée comme un rideau devant un rêveur décor du pays berrichon.

Mais quel public ! A part un familier, je ne connais, là, personne. C'est un grouillement de jeunes gens hâves, dépenaillés et si trépidants qu'on dirait, dans un sous-sol nihiliste, une chambrée de conspirateurs qui se communiquent un *delirium tremens* de rage ou de terreur. Ils frappent des pieds. Ils

grimacent. Ils hurlent. Ils braillent, et, dans les intermèdes, se bousculent en de si tapageuses mêlées de
football que Rollinat les interpelle :

— Je vous serais obligé de faire un peu moins de
vacarme, demande-t-il. Je vous prie de m'excuser,
moi-même, si je ne peux disposer, ce soir, de ma voix
comme je le voudrais. Il y a, dans l'appartement
voisin, derrière ce mur, un enfant mort !...

L'agitation s'est figée, soudain. Tous les regards
se sont jetés sur le mur comme s'ils voulaient en
percer le mystère qui, pour certains, est la légende
d'un crime dont le secret est, peut-être, scellé dans
la paroi, et, pour d'autres, un humble drame humain,
un petit corps couché sur lequel une mère se glace
le front, les yeux et les lèvres, et près duquel un père
ravale ses sanglots, tandis que, pour les croyants, un
ange né de cette chair morte ouvre déjà ses ailes.
Cela fait une grande minute de silencieux émoi.

A quelques pas, je remarque, dans la cohue, un
jeune homme de qui la tournure, les façons et la
mise élégante tranchent sur un entourage dont la
promiscuité l'inquiète et contre lequel il se gare
soigneusement par des demi-voltes et des détours
discrets. Il est de taille élancée. Les cheveux drus
sont taillés en brosse. Il a un grand front qui fait
une jolie façade d'hôtel pour une pensée de choix,
des yeux curieux et pétillants, la mâchoire volon-
taire, la barbe courte, la moustache retroussée et une
bouche si amusée qu'on désire irrésistiblement savoir

de quoi elle s'amuse. Je vais peut-être le savoir.
Il s'avance vers moi et, après un souriant salut, tend
sa cigarette qui vient de s'éteindre à la mienne qui
brûle. Ensuite levant, tout droit, l'index, d'un geste
japonais, il me dit, avec un sourire qui trahit un
divertissement supérieur et profond :

— C'est é...pou...van...table !...

Comprenant que, venu pour voir de l'épouvantable,
il est ravi d'avoir été exaucé au delà de ses souhaits,
je demande :

— C'est la première fois ?...

— Oui...

— Oh ! alors !...

Nos regards se posent la même question :

— A qui ai-je le plaisir ?

C'est lui qui répond :

— Comme nos noms ne nous apprendraient encore
rien, l'un à l'autre, sans doute, j'aime mieux vous
dire que je suis fils de Philippe de Grandlieu.

— Du *Figaro ?*

— Précisément.

— Léon Lavedan ?

— Henry Lavedan.

Deux places sont libres sur un canapé. Nous
nous en emparons. Je lui demande ce qu'il pense de
Rollinat. Il me répond avec ses doigts. A quelques
centimètres devant ses yeux, qui se passionnent à
ce travail, les mains en sculptent la silhouette, en
modèlent le masque, donnent du champ au front,

gonflent la crinière, brident les yeux, raniment les traits, lui ouvrent, toute grande, la bouche, ne précisant que d'un mot la mimique :

Pour les cheveux qui se dressent :

— Ils sifflent.

Pour les paupières closes :

— Il voit en dedans.

Pour la bouche ouverte :

— Le cauchemar.

Puis, avec moins de fureur sacrée que Léon Bloy, mais plus de réalisme et d'expérience parisienne, il me le montre, demain, l'immanquable proie de la curiosité, l'actualité des revues de fin d'année, le numéro des salons, puis des salles de spectacles et peut-être, à la fin, des cafés-concerts. Mais je proteste ! Il a une telle passion et un tel respect de son art. Il saura résister aux plus pressantes tentations, et, à lui seul, son amour inviolable pour sa terre natale sauverait le poète !... Mais, déjà, nous parlons de nous-mêmes. Je lui peins ma première jeunesse en province, mes parents me vouant à la magistrature, hostiles à la carrière des Lettres et me maintenant dans les milieux qui jouent au cercle, boivent au café et, réunis en de vieux salons, s'endorment aux cris inarticulés de : « Vive le Roi ! » Il sourit en disant qu'il a vécu, lui aussi, dans des conditions d'existence à peu près analogues. Mais, la conversation devenant trop difficile à cause de l'atmosphère qui est irrespirable, nous nous esquivons, tandis que, derrière nous, Rollinat chante, à mi-voix, comme chez des fous :

*La tarentule du Chaos*
*Guette la raison qu'elle amorce.*

La nuit est printanière. Nous allons et venons, causant sous les arbres du boulevard Saint-Germain et, fatigués, nous allons nous asseoir dans un café qui fait l'angle de cette voie et de la rue du Bac. Lavedan me dit, avec un délicieux art du détail et de la nuance, des vers qui, dans leur cadre de sonnets, campent une silhouette ou peignent un tableau avec la suggestive maîtrise d'un *Gaspard de la Nuit*. Il est une heure du matin. Sous la menace des châteaux branlants qu'un garçon édifie rageusement près de nous en échafaudant les chaises, nous échangeons nos projets, nos appréhensions mais, surtout, nos espoirs. J'ai la sensation de voir naître un talent qui sera un des plus beaux arbres à fruits de son temps, et quand nous nous quittons, j'ai le sentiment, — sans connaître le sien à cet égard, — que, de notre rencontre au sein de cette noire bohème, une amitié est née.

## INCESSU PATUIT DEA

Où diable Buet a-t-il déniché ses invités, ce soir ? On dirait qu'il a recruté les moins huppés des fournisseurs alimentaires du quartier, et, tandis que deux dames sont aux prises, disputant sur la succulence ou l'ignominie d'un beurre artificiel, je ressasse, en moi-même, la question Rollinat posée par des amis de qui les uns lui conseillent la manifestation, les autres la retraite. Que fera ce fauve ? Se terrera-t-il dans sa tannière ou entrera-t-il dans la ménagerie ? Je suis sûr que, chez lui, l'instinct triomphera de toute tentation et qu'il restera un inviolable artiste.

En tout cas, je ne crois pas que Buet ait songé à « ourdir » cette présentation à Sarah Bernhardt dont Bloy se scandalise. Il a d'autres sujets de préoccupation. Toute une famille de neveux et de nièces chassés de Syrie par les troubles arméniens va débarquer dans sa maison, et c'est, sans doute, l'appréhension d'une si lourde charge qui donne à lui et à sa femme cette agitation fébrile et ces regards anxieux.

Il est tard, et, tandis que la dame qui exalte le beurre à la chandelle s'écrie :

— Je vous en ferai goûter et vous n'y verrez que du feu !...

Je prépare mon évasion à l'anglaise par le cabinet de travail. Mais, au moment où je quitte ma chaise, un fracas inusité éclate dans le silence de l'avenue et un équipage mené à grande allure par deux trotteurs aux gourmettes tintantes et aux sabots cadencés s'arrête au ras du trottoir et devant la maison.

Buet s'est précipité vers la fenêtre. Il l'ouvre, se penche, comme pour un suicide, se retire brusquement, referme et court vers l'antichambre. On se

regarde affreusement inquiets. Mais, à peine a-t-on
le temps de s'interroger qu'il rouvre, toute grande,
la porte du salon et annonce :

— Madame Sarah Bernhardt !

Elle entre. Le décor change. Il semble que le salon
de Buet est devenu la salle d'un palais et que trois
cents personnes font la haie devant elle. Haute,
mince, flexible, enveloppée des pieds au menton dans
une zibeline royale, coiffée d'un chapeau à la « grande
mademoiselle », le front disparu sous un amas de
cheveux frisotants et dorés, le visage réduit à un
étroit médaillon de chair pâle où les yeux brûlent,
le nez bat des ailes, la bouche tend un arc délicat et
nerveux, elle salue par de souriantes inclinaisons de
tête, comme si elle répondait à des révérences, puis,
prenant les mains de Madame Buet :

— Chère madame Buette ! lui dit-elle en pro-
nonçant ainsi, avec la plus ardente effusion, excusez-
moi de venir si tard ! Mais je suis si occupée, si vous
saviez, si occupée, chère Madame Buette ! Que je
suis ravie de pouvoir vous dire toute mon admiration
pour *le Prêtre*. C'est beau ! C'est beau !.. Mais que
je vous présente... désignant un élégant monsieur en
habit de soirée : « M. G..., un de mes amis », et un
homme en complet veston, cravaté d'une lavalière
d'artiste : « Le peintre Clairin, un ami de Buette. »

Tandis que les gardes du corps saluent, elle s'est,
avec une grâce de reine, qui a l'habitude du trône,
assise dans le plus grand fauteuil, et, déjà, elle

règne ! Je suis en face d'elle, aussi ému que les dames qui discouraient sur le beurre semblent pétrifiées. La fille de Rolland ! Dona Sol ! Maria de Neubourg ! Le génie, la beauté, la grâce ! La princesse du rêve à qui mes seize ans ont adressé les ridicules vers de leur premier enthousiasme ! Elle est devant moi ! Je ruse avec mon trouble pour la dévisager.

Que de fois je m'étais demandé :

— Comment s'habille Sarah Bernhardt puisque, à la ville, elle ne saurait pas plus s'accommoder du fringant boléro et du matinal tailleur que de la tournure et des fourrures à la mode. Je le vois maintenant ! Elle ne s'habille pas. Elle s'enveloppe. Elle assouplit la ligne et vaporise l'étoffe. La plume qui couronne son feutre la coiffe d'un halo. Ses cheveux sont un brouillard doré. Sa fourrure flotte, sans le trahir, sur un corps si gracile qu'il en est serpentin et ses gants qu'elle a retroussés sur ses poignets, comme une Mélusine guerrière, découvrent des mains pâles et frémissantes dont les dix doigts cerciés de bagues rivalisent d'étincelles multicolores jaillies de leurs pierres en feu.

Plus je la regarde, plus, pour moi, elle s'idéalise. Elle n'est plus la reine. Elle est la fée !... Mais, à cette question qu'elle vient d'exprimer avec langueur :

— Et le poète ? Est-il déjà parti ou ne viendra-t-il pas ?

Buet, horriblement embarrassé par le refus qu'il

a dû essuyer, s'efforce de justifier l'excuse de Rollinat « qui, réellement, affirme-t-il, souffre d'un mal de tête affreux... sans quoi... ».

Il n'a pas le temps d'achever que la plus imprévue des exclamations lui coupe la parole...

— Que le crique vous croque, vous et votre poète !...

La fée a, tout à coup, sauté sur les ressorts douloureux du fauteuil et, des molles draperies du rêve, surgit une femme vivante, ardente, combative, que la résistance exaspère et qui bondit sous l'affront. Les yeux flamboient. Les narines s'affolent. La bouche se crispe. Les poings frappent les bras du fauteuil. Les bagues font jaillir des étincelles. Elle parle. Elle parle. C'est de l'or qui tinte, de l'argent qui sonne, du cristal que broient les dents menues et carnassières. Et elle s'emporte contre les poètes, ces êtres sublimes, adorables, magnifiques, idiots et criminels avec leur orgueil et leur dédain de la vie ! La vie ! La vie qu'il faut aimer, adorer, remplir de tout notre travail et de tout notre effort ! La vie ! Il la lui faut. Elle la veut. Est-ce qu'elle a mal à la tête ? Est-ce qu'elle se repose ? Elle achète des théâtres ! Elle forme des troupes. Elle les trimballe en voitures, en traîneaux, en chemin de fer, en paquebots. Elle étonne l'Europe, bouleverse l'Amérique, enthousiasme l'Asie, enflamme l'Afrique, stupéfie l'Océanie, et tout cela pour des poètes merveilleux et stupides comme celui-là qui se cache, qui se terre et qu'elle veut !

Car il le lui faut. Et elle prie, charme, transporte, commande, embrasse Madame « Buette », donne huit jours à son mari pour lui amener ce fauve. Il en est cramoisi, sa femme livide d'émotion, la dame au beurre pantelante. Je ne sais pas, moi-même, comment je suis. Je sais seulement que, si elle proférait quelques paroles de plus, nous nous élancerions tous dans la rue et courrions, au pas de charge, assiéger Rollinat dans son terrible logis de la rue Oudinot !...

Elle n'est plus là. Elle a disparu, comme elle est venue, d'une envolée, et j'entends toujours tinter de l'or, sonner de l'argent, vibrer du cristal ! Et je vois, éblouissante, la Gloire elle-même réclamant, à grands cris, un poète pour le jeter en pâture aux bêtes féroces du cirque, mais aussi à l'immortalité !...

## UN GENTLEMAN

Le surlendemain soir, au théâtre de la Porte-Saint-Martin, où il a voulu que nous allions voir, ensemble, jouer *le Bossu,* Buet me dit :

— Je suis horriblement embêté ! Je voudrais être agréable à Sarah en amenant chez elle Rollinat, mais, hier, il a nettement répondu :

— Qu'on me fiche la paix !...

Je suis surpris. Rollinat n'est pas un butor et il emploie peu ce langage.

— Il vous a dit cela ?

— Pas à moi. Je craignais que, s'il me voyait, il ne

fût sur ses gardes et je lui ai adressé M..., que vous connaissez, qui est très fin, très adroit et qui, pourtant, m'a rapporté cette réponse en me déclarant :

— Il n'y a rien à faire !

Puis, à l'entr'acte, m'entraînant :

— Venez que je vous présente à Clèves. On ne sait pas ce qui peut arriver. Vous pouvez faire un drame. Il est bon que vous le connaissiez.

Nous voici dans les coulisses, sur le plateau. Des hommes agiles et vêtus de bleu manœuvrent des pans de maison, des arbres, une église et je me retourne vivement à des :

— Attention là ! qui partent de tous côtés.

Quelques seigneurs, sombres et aux aguets sous de grands feutres rabattus, semblent en embuscade. Lagardère n'attend pas que nous venions à lui. Lagardère vient à nous et dit à Buet avec une simplicité qui m'étonne :

— Vous venez voir Clèves ? Il est chez lui.

Nous montons et, presque aussitôt, nous sommes introduits.

Paul Clèves est debout, devant son bureau.. Il vient, sans doute, d'arriver, car sa main gauche est encore gantée. Vêtu d'un complet gris, assorti à la moustache et aux cheveux, il a la tournure et l'aspect d'un colonel en civil. Il décachette son courrier, et notre survenue ne doit pas le déranger, car il ne se dérange en aucune façon. Tout en lisant, il adresse à Buet un morne : « Comment va ? » lui tendant une main molle qu'il me propose, ensuite, avec une égale tiédeur, profitant du geste pour nous désigner les deux sièges voisins. Et puis il continue à lire. Il déchire, selon le pointillé, des télégrammes bleus, retire des cartes de menues enveloppes, déploie des lettres qui embaument, pince, du bout des doigts, les papiers crasseux où, sans doute, d'avares fournisseurs pressent ardemment ce directeur fastueux.

C'est long. Pour passer le temps, Buet me désigne la place où doit être sa photographie parmi celles des auteurs joués dans la maison et me décrit, à voix basse, quelques meubles d'art que l'obscurité des angles condamne à l'invisibilité. Il indique, ensuite, qu'il va se moucher, ce qui est une de ses distractions favorites. Il ne sort pas son mouchoir. Il le tire d'une poche postérieure de sa jaquette comme un curé priseur tire le sien des plus profonds replis de sa soutane. Il le déploie. Il le regarde. Il lui confie mentalement qu'il aurait dû s'informer de l'humeur directoriale avant de mener là un jeune homme devant qui cet accueil sans égard fait à son prestige un tort considérable. Il renifle. Il s'ébroue et, tout à coup, se mouche avec un assourdissant fracas exhalant par les narines l'irritation que ses lèvres n'ont pu exprimer.

Paul Clèves s'en émeut et, avec une sollicitude affreusement distraite, demande :

— Vous travaillez ?...

— Certes ! s'exclame l'auteur encouragé. Je mets

la dernière main à un drame en quatre actes et je peux vous aviser que j'aurai terminé...

Mais, déjà, le directeur l'apaise :

— Ne vous pressez pas !...

Et il déroule un programme qui assure pour deux ans de spectacle en ajoutant :

— Mais, au théâtre, on ne sait jamais ! L'imprévu, c'est la règle. En tout cas, armez-vous de patience ! D'autant mieux que le génie est une longue patience, comme Gœthe l'a dit...

— C'est qu'il vous prévoyait ! riposte Buet qui, avec ce mot d'auteur, envoie rouler cette vanité les quatre fers en l'air.

Nous remontons le boulevard, et je remonte Buet fortement contusionné par cette scène, ne cessant de constater :

— Non ! Je n'ai pas de chance !

Comme il ajoute :

— Ce n'était pas assez de me brouiller avec Sarah grâce à cette affaire Rollinat !

Je proteste qu'entre les deux volontés aux prises je sais bien quelle est celle qui sera victorieuse.

Mais il s'entête :

— Vous ne savez pas ce que c'est qu'un orgueil de poète qui ne veut pas être invité par intermédiaire et un orgueil de femme, de grande artiste qui ne veut pas s'exposer, par une démarche personnelle, à l'affront d'un refus !

— Oh ! je ne suis pas en peine ! Elle s'arrangera !

Ce que femme veut, Dieu le veut, et Rollinat n'est encore qu'au rang de demi-dieu !...

Mais il s'irrite et s'emporte :

— Vous êtes ridicule et tranchant comme la jeunesse qui veut tout savoir et ne sait rien du tout ! Je connais mieux que vous Rollinat et je vous certifie que personne ne le fera céder.

— Personne, excepté elle !

— Nous parions ?

— Tout ce que vous voudrez !

— Un déjeuner ?

— Un déjeuner.

Nous arrivons place de l'Opéra, et la poignée de main que nous échangeons sanctionne le pari. Mais Buet propose :

— Si nous allions chez Sylvain manger deux sandwiches ?...

Nous nous asseyons côte à côte, à une table dans la salle du rez-de-chaussée. Il est encore de bonne heure. Pourtant des soupeurs entrent, des hommes en habit, des femmes en sortie de théâtre, des jeunes gens, quelques-uns précocement allumés, d'autres déjà éteints. Deux entrants, à peine la porte fermée, promènent dans la salle un regard qui va de table en table, et, tout à coup, l'un d'eux apercevant Buet se dirige vivement vers lui, le sourire cordial, la main en avant.

Mon compagnon présente et je l'entends nommer :

— M. Maurice Bernhardt.

Je reçois le coup de tête d'un salut britannique et j'ai, devant moi, un jeune homme élancé, de tournure distinguée, de façons élégantes, mais de qui l'abord réservé contraste singulièrement avec une inégalable expression de jeunesse, presque d'adolescence. Il a l'air d'un collégien d'hier, étrennant l'habit au revers duquel pâlit un pur camélia et faisant, en ce café de nuit, son entrée dans le monde de la fête, le visage aux traits fins, aux yeux engrisés de spleen, à la bouche délicate et aux joues si totalement imberbes qu'il en est féminin. Mais je ne suis pas dupe de cette frêle apparence. J'ai senti la chaleureuse vigueur de la poignée de main. Je sais que des muscles de sportsman virilisent cette chair tendre, et tout Paris sait déjà la valeur d'une épée dans ce jeune poing décidé à ne pas souffrir que la calomnie, en s'attaquant à sa mère, offense le génie.

— Mon cousin Kerbernhardt...

Il présente ainsi un camarade, un garçon moins jeune que lui, trapu et atteint d'une extinction de voix qui ne lui permet que des vagissements. Tous deux s'assoient à notre table, attendant des amis de qui l'arrivée ne peut tarder.

Maurice Bernhardt nous apprend d'intéressantes choses. Sa mère vient d'acheter l'Ambigu. Elle lui en fait cadeau, et c'est lui qui, émancipé à cause de sa minorité, en sera directeur. Néanmoins la pensée de Sarah Bernhardt y sera, — cela va sans dire, — la grande inspiratrice. On y maintiendra la tradition du mélodrame, tout en y introduisant le drame moderne. Ce sera même par celui-ci que s'inaugurera la direction nouvelle, et la pièce d'ouverture est déjà choisie. Catulle Mendès la termine. Elle est en quatre actes et a pour titre : *les Mères ennemies.*

Buet écoute ces révélations avec une émotion qui lui remonte les narines vers les yeux et lui ouvre la bouche. Il se voit déjà triomphant à l'Ambigu, tandis qu'à la Porte-Saint-Martin. Paul Clèves est déconfit. Alors il veut parer ardemment le contre-coup de la mauvaise impression produite chez Sarah par le refus que maintient Rollinat de se faire entendre chez elle. Son interlocuteur en paraît stupéfait :

— Comment ? Mais Rollinat accepte ! Vous n'avez donc pas reçu la lettre par laquelle ma mère vous en informe et vous invite, Madame Buet et vous, à la soirée qui aura lieu vendredi, avenue de Villiers ?

Cette fois les narines de Buet menacent de dépasser les yeux et, de joie, sa bouche se dilate encore en criant :

— Bravo ! Bravo !

— C'est, pour notre ami, sur ce poète farouche, dis-je, une belle victoire !

Pour me récompenser, il prononce, avec solennité, la main sur mon épaule, me désignant, par ce geste, à son interlocuteur :

— Je vous prie de demander à votre mère une faveur à laquelle je tiens infiniment, celle d'amener avec nous notre ami, vendredi, avenue de Villiers.

— Mais je crois bien ! lui est-il répondu. Avec le plus grand plaisir.

Et, s'adressant à moi :

— C'est entendu, n'est-ce pas ?

Je réponds :

— Rien ne me serait plus agréable ! Mais sans jouer les Rollinat, je dois bien, tout de même, me dire que Madame Sarah Bernhardt ne m'a pas invité !

— Puisque je vous invite !

Et, avec un cordial sourire, il ajoute :

— Maman vous dira que c'est la même chose !...


## SOIRÉE CHEZ SARAH BERNHARDT

Nous recevons la caresse d'une nuit de printemps quand, Madame Buet, son mari et moi, descendons de voiture devant le bel hôtel rose de la rue Forthuny. Dans le vestibule, un grave maître d'hôtel et d'empressées caméristes dépouillent les invités de tout le vestiaire qu'ils leur restitueront avec les mêmes soins. C'est dans l'atelier du rez-de-chaussée que Sarah Bernhardt reçoit les poètes et leurs admirateurs. Il va falloir entrer. J'ai prévu cette minute angoissante. La voici. Je ne me dis pas que je vais pénétrer dans le temple de la gloire et assister au sacre d'un roi. Je ne sais plus ce que je me dis. J'ai la sensation affreuse de m'être trompé de soirée, d'être, tout seul, inconnu, parmi des célébrités, qui vont bousculer mon inexistence sans même s'excuser.

Ça y est. Déjà Buet ne me connait plus et un poète pressé vient de m'écraser un orteil. C'est Catulle Mendès. J'entre et tout mon trouble est dominé par cette sotte impression, la hauteur du plafond. Autour de moi, sous la lumière finement tamisée, je ne vois aller et venir que des silhouettes d'hommes. Où est celle que je dois saluer ?...

Maurice Bernhardt m'a vu. Il vient obligeamment au-devant de moi et de mon embarras. Il me conduit vers une oasis de hautes et larges plantes qui, ardemment, croisent des coutelas, balancent des palmes. Au milieu de cette violente et barbare verdure, assise sur un haut fauteuil de la Renaissance, toute vêtue de blanc, le diadème de Marie de Neubourg sur ses cheveux dorés, Sarah Bernhardt préside toute une cour d'amour. Et il va falloir que je trouble ridiculement ces spirituels entretiens pour offrir à la souveraine l'hommage de mon incognito ! J'en étouffe d'angoisse et de colère contre moi-même qui me suis exposé à cette mortification. Mais les choses se passent infiniment mieux que ne l'espéraient mon orgueil et ma timidité !

Maurice Bernhardt me présente simplement comme un de ses amis. Rollinat vient me serrer la main avec un chaleureux :

— Bien content de vous voir !

Haraucourt avec un :

— Bonjour, tout à fait camarade, et ces références me valent la faveur de baiser les rubis, les diamants et les turquoises d'une frêle main pâle, tandis que j'entends une voix me dire, avec un petit marteau d'or tapant sur les syllabes :

— Ami de Rollinat, d'Haraucourt et de mon fils, vous êtes, ici, trois fois le bienvenu !...

Par un murmure indistinct, je m'atteste confus et comblé. Mais me voilà maintenant réconforté, d'aplomb, en état de regarder, me mouvant à l'aise.

S'imaginant, sans doute, que le farouche poète s'enorgueillit d'une mise sordide et débraillée, Sarah Bernhardt a, dans ses invitations, expressément recommandé que l'on vînt, tout simplement, en toilette de ville pour passer la soirée entre amis, sans façons. Mais quelqu'un n'a pas tenu compte de ce désir, et c'est Rollinat lui-même qui, seul, est en habit !...

Au-dessus des plantes vertes, une fine statue de bronze, l'*Arlequin* de Saint-Marceaux, semble sauter à cloche-pied et bondir au-dessus des invités pour retomber légèrement et, par blague, sur une tête chauve. Equilibré dans un X de chêne, un tambour dont le cuivre flamboie présente sa peau d'âne que le peintre Edouard Detaille a ennoblie d'un tableau militaire. Le portrait de Sarah peint par Bastien-Lepage détache, dans son large et dur cadre de fer forgé, son aérien profil. Le tableau de Clairin intronise là un aspect de la gloire vue par un œil officiel. Le hall est vaste. Les sièges y allongent des divans, y forment des groupes, y ménagent des *a-parte*. L'éclairage, maintenu par les abat-jour à mi-hauteur des murs, les revêt d'une frise d'ombre, et, au fond, les portes, comme des cheminées, découvrent sur la table de la salle à manger une flambante exposition de cristaux, d'aiguières de vermeil et de cruches d'argent.

A part Madame Buet et Mademoiselle Augusta Holmès, je ne vois pas de femme. Si !... Non !... Pourtant !... Cette jeune personne, aimable et olivâtre, habillée au petit bonheur ou mieux à la Rosa Bonheur, cheveux courts, col, plastron et veston masculins. Un étudiant étranger ? Mais non. C'est une jeune fille, une artiste peintre sinon encore célèbre, au moins déjà connue, Mademoiselle Louise Abbema.

Mais voici la grande constellation des poètes qui vont décider s'il leur est possible de s'adjoindre une étoile : François Coppée, Jean Richepin, Catulle Mendès, Fernand Haraucourt. Ils sont, en habits de ville, exempts de personnalité, mais mon enthousiasme, par reconnaissance des beaux émois dont il leur est redevable, veut les voir autrement. Il donne à François Coppée le masque héroïque élégiaque et bon enfant du génie populaire, à Jean Richepin la sombre beauté d'un roi nomade, seigneur de l'espace et maître du Chemin, à Catulle Mendès une splendeur d'archange qui a le soleil au front et l'ombre sur ses ailes, à Haraucourt la rude et ardente figure d'un beau tailleur d'images. Voici encore les hauts et

puissants barons du Journalisme et de la Chronique :
M. Arthur Meyer, si élégamment second empire qu'il
a l'air de venir d'un bal des Tuileries où il a figuré
dans le quadrille impérial, et « l'éléphantesque »
Albert Wolff, de qui les deux cents lignes du Courrier
Parisien, en tête du *Figaro*, font et défont les rois.
Décidément Sarah Bernhardt a tout prévu, même
l'intermède comique, puisque apparaît, l'œil farceur
et les lèvres rejoignant les oreilles, Coquelin Cadet
qui, à tout ce qu'on lui dit, a pris parti de répondre :

— Bravo !

Mais je suis si imbu de Rollinat que mon admiration pour ses juges se règle sur leurs dispositions
à son égard, et si je les soupçonne seulement enclins
à la réserve, je leur reprends, avec autant d'emportement que d'injustice, tous les hommages dont je les
ai comblés. Je remplace, chez Coppée, le masque du
génie populaire par le visage d'un ouvrier tapissier
qui a, dans le coin de la bouche, des clous dont les
dents serrées laissent sortir les pointes, et je substituerais volontiers au plumage archangélique de
Mendès le ventre d'un requin.

Mais, si mon imagination bat la campagne, je sens,
maintenant, que mon cœur bat, à grands coups, la
charge. On vient de disposer, des deux côtés du
piano, les lampes. Ma pensée a, tout de même, le
temps de courir là-bas, dans un quartier de silence,
de monter le plus puant escalier de la plus morne
maison, d'ouvrir la porte de la plus cellulaire

chambre et de voir, étendu sur son lit, un être morfondu de douleur, frémissant de colère, récitant un rosaire pour le salut de l'âme et du génie d'un grand artiste et égrenant un chapelet d'injures et de malédiction contre ses tentateurs !

Ma pensée revient en toute hâte de chez Léon Bloy, rappelée par l'émotion qui, maintenant, n'étreint pas que moi seul, mais gagne ce tribunal d'artistes de qui le verdict décrétera l'inexistence d'un poète ou proclamera la naissance d'un dieu. Le silence a fermé toutes les bouches et la curiosité braqué tous les regards. Rollinat s'est levé. La tête baissée, le pas élastique, il va vers le piano. Il s'asseoit, se recueille quelques secondes, se redresse en rejetant en arrière les longues mèches qui balaient ses joues et sa voix âpre annonce : *la Mort des fougères*.

Jamais son chant n'a été plus poignant, n'a plus désespérément sangloté l'agonie des beaux jours. Je contiens mon émoi pour recueillir les impressions sans doute éveillées en tous ceux qui m'entourent. Ardemment je regarde les regards et, tout à coup, de l'anxiété me vient. Derrière cette attention et, au fond de ce silence, je démêle de l'incompréhension, de la résistance et de la raillerie. Je surprends l'imperceptible sourire du compositeur que déroute et égare l'instabilité d'une telle musique et aussi des coups d'œil de poètes échangeant des : « C'est donc ça ? » avec des : « Quand je vous le disais ! »

Les applaudissements sont tout au plus courtois et les : « Délicieux ! adorable ! divin ! » de Sarah des défis que, déjà, l'hostilité relève.

Elle se donne libre cours quand il chante *le Cimetière aux violettes*. J'entends chuchoter :

— C'est puéril !... écrit pour les oiseaux !...

— Paderewski devenu fou !

J'enrage, non seulement contre ces auditeurs imperméables à la beauté, mais aussi contre moi-même qui ne retrouve plus mon émotion dans cette atmosphère empoisonnée de blague. Aussi que diable a-t-il eu l'idée de leur chanter ? Qu'est-ce que ça peut bien leur faire à ces indécrottables Parisiens que des « fougères meurent », que des « oiseaux perdent la parole », et qu'un « cimetière embaume tous les alentours » ? Qu'est-ce que ça leur fiche ? Il est allé au-devant de leurs flèches ! Il s'est livré lui-même à leurs coups ! Ils vont en profiter. Ils vont étouffer, là, un incomparable poète !...

Mais il a, lui aussi, relevé le défi. Ses doigts osseux frappent des accords si imprévus et si puissants que tous les fronts se redressent et, comme si elle surgissait de la terrifiante cacophonie de cabanons en révolte, la voix de Rollinat qui est, à présent, celle de la démence elle-même, clame à toute volée :

> *La tarentule du Chaos*
> *Guette la raison qu'elle amorce.*

Il semble que, tout à coup, un poing mystérieux a

cassé un carreau et qu'un vent de mort s'est rué sur les épaules qui se haussaient de dédain et qui, maintenant, sont figées de terreur. Vraiment l'extraordinaire a sauté dans la salle. Un cauchemar d'horreur et de beauté pèse sur toutes les poitrines. Les visages sont pâles, les traits crispés, et, si les oreilles reçoivent, sur leurs tympans, des accents indicibles et des cris inentendus jusqu'à présent, les yeux s'hallucinent au spectacle de cette tête qui, tranchée au col, posée sur une table rase, apparait comme le chef livide, chevelu, et bouche ouverte d'un saint Jean-Baptiste de la folie humaine. Le chant est fini que l'oppression étrangle encore la parole des auditeurs. Mais, tout à coup, elle se dégage et de toutes ces âmes d'artistes, incapables de réfréner l'élan d'une émotion sincère, l'enthousiasme jaillit en une ovation frénétique où les mots ne signifient plus rien et ne sont que des cris.

A présent, il tient ses auditeurs. Il a, sous ses doigts, leurs fibres et leurs nerfs. Il en joue à sa volonté. Tour à tour aux voluptueuses extases qui bercent *la Tristesse de la Lune,* dans les merveilleux émois de *l'Invitation au voyage,* par les rythmes nostalgiques du *Serpent qui danse,* sous les coups de fouet de la tempête qui pousse le bétail humain vers la mort, il les caresse, les énerve, les pince, les exaspère, les affole, et l'auditoire qui ne s'appartient plus, qui défaille d'enthousiasme et qui s'enroue à crier de beauté :

— Encore ! encore ! va peut-être demander grâce quand Rollinat se dressant, tout à coup, près du piano, leur donne la commotion suprême avec cette pantelante tragédie : *Le soliloque de Troppmann.*

Alors c'est le délire. Tout le monde est debout entourant ce miraculeux et surnaturel évocateur qui, pendant deux heures, nous a tenus haletants dans toutes les splendeurs du mystère. On l'acclame, on le presse. Sarah Bernhardt l'embrasse. Ses amis l'étreignent.

Déjà, pourvu de quelques notes, crayonnées en hâte, Albert Wolff regagne sa voiture qui le transportera au *Figaro* où, d'un élan, il écrira sa Chronique. Arthur Meyer a dépêché au *Gaulois* Charles Buet chargé de composer le chant de triomphe en l'honneur de son ami qui lui doit cette soirée de gloire.

Et, demain, les rois mages de la Presse offriront l'or, l'encens et la myrrhe au poète nouveau-né qu'ils vont révéler au monde et livrer à la mode !...


ET C'EST LA GLOIRE !...


Dès le matin, au rassemblement provoqué par la feuille de présence, mes camarades, sachant que j'étais invité avenue de Villiers, se pressent autour de moi, demandant des détails. Tout de suite, je brandis le *Figaro* et je lis, avec l'ardeur d'une proclamation, l'article d'Albert Wolff. Cet homme de qui la parole ne dispose que d'un fausset de sérail ou, comme n'hésiterait pas à dire son collaborateur, le revuiste Blum, d'un filet de harem, fait, de sa plume, le porte-voix lui-même de la gloire. Le carillon de Buet donnera, lui aussi, le branle aux cloches qui vont sonner la victoire. Je lis, à toute volée, en dépit du va-et-vient des appareilleurs dont un de mes collègues paraphe les mandats. J'impose mon enthousiasme et je force ces fronts de gratte-papier à se relever pour regarder une étoile. Mais leur admiration est courte, et ils réagissent suivant leur naturel. Egrillard, notre chef de bureau me demande :

— Y avait-il de jolies actrices ?

Guérard me dit :

— Moi aussi j'ai assisté à un très beau spectacle, à Thomery, la vente des chasselas de la treille du Roi ! Ça c'est bien.

Mais voici que l'homme au quotidien bifteack de cheval me prend à part et me confie à voix basse :

— Vous me donnerez bien deux petites places, pour ma femme et pour moi, quand votre ami chantera à la Scala ou aux Folies-Bergère ?...

L'impression produite par la Chronique de Wolff est véritablement immense. Quelle pâture il a jeté aux affamés d'actualité ! Ils se sont unanimement rués sur cette proie. Ils se l'arrachent. Tous les intitulés de première colonne, toutes les rubriques parisiennes ou littéraires de tous les journaux, de toutes les revues et des moindres gazettes annoncent, en majuscules flamboyantes :

— Rollinat ! Rollinat ! Rollinat ! Poète du mystère ! Rollinat poète de la nature ! Rollinat musicien ! Rollinat chanteur ! Rollinat aux champs ! Rollinat interprète de Baudelaire ! Rollinat chez George Sand ! Rollinat chez lui !... Tous les illustrés publient des photographies le montrant dans toutes les attitudes et sous tous les aspects : Rollinat au travail ! Rollinat au piano ! Rollinat à table ! Rollinat à la pêche ! Rollinat debout et déclamant Troppmann ! Rollinat en décapité chantant !... Des poèmes et des proses de lui remplissent les premières colonnes de tous les périodiques. On lui prête des goûts sataniques, un irrésistible pouvoir de devin, de médium et de magnétiseur. Il donne un nouvel essor à la vente des œuvres de Baudelaire et d'Edgar Poë. On attend fiévreusement ses *Névroses*. En les attendant, et sans que lui-même s'en doute, il met la Névrose à la mode. Il lance le macabre. Il inquiète. Il passionne. Il enfièvre. Tout le monde voudrait le connaître, aller chez lui, le recevoir chez soi et on ne peut plus entrer, dans le salon le plus modestement bourgeois, sans être accueilli par des :

— Rollinat ! Rollinat ! Parlez-nous de Rollinat !

## LE SOLEIL ET L'OMBRE

Je viens de le voir. Il est dans la plus radieuse forme qu'on puisse contempler. Il reçoit la gloire sans fausse modestie à bras ouverts, avec un sourire un peu ivre, des mots enfantins, encore ahuri de cette foudroyante catapulte qui, du pied d'une montagne l'a, d'un seul coup, lancé sur le sommet. Il est en plein soleil. Il ne rayonne pas, il flambe. Il ne tient pas en place, se frotte les mains en s'exclamant :

— C'est formidable ! C'est fou ! A faire peur !

Il va et vient, comme si le feu avait pris à ses vêtements et il semble faire des efforts puérils pour que la flamme n'atteigne pas, surtout n'aveugle pas les amis qui sont venus le voir. Mais le soleil qui l'embrase lui dore tout le monde. Il trouve à Sarah une grandeur d'âme égale à son génie, à Coppée une magnanimité de grand seigneur, à Richepin de la tendresse féminine et à Mendès lui-même des trésors de bonté ! Et, comme on sourit de cette exaltation :

— Mais si ! Mais si ! proteste-t-il. Et puis vous verrez ! Il ne s'agit pas de moi seul ! Vous verrez le bien que va faire ce triomphe aux poètes ! Hier encore on nous reléguait comme d'imbéciles et dangereux rêveurs. Les éditeurs repoussaient nos vers. Vous allez voir ! Le poète, d'un bond, va regagner sa place, qui est la première, et nos vers seront bientôt devant tous les yeux et dans toutes les bouches !...

Il s'est rapproché de la table sur laquelle la jonchée blanche des lettres et des cartes a l'air de la jatte de lait que le succès vient d'offrir au poète. Il triture. Il décachette. Il lit. A chaque page, c'est un nouveau coup de soleil qui le frappe au visage. Il s'émerveille. Il dit :

— C'est trop ! Vraiment c'est trop !...

N'importe ! Il continue sa lecture, bravant l'insolation... Mais, tout à coup, à peine a-t-il ouvert une lettre et lu la première ligne qu'il a un haut-le-corps. Ses traits se crispent. Il regarde de plus près. Il lit jusqu'au bout et, s'échappant de ses mains, la missive tombe sur la table tandis qu'il murmure :

— Ça devait arriver !...

Inquiet, je demande :

— Un malheur ?

Il me répond :

— Lisez.

Une grande écriture demande : « Si le maître ne consentirait pas à rehausser, de sa présence, une réunion donnée en son honneur avec des invités de choix. La signataire de cette requête, qui s'exprime en son nom et en celui de son mari, ne saurait perdre de vue que la gloire fixe elle-même le prix d'une telle faveur... » Je lis la signature. D'un affreux parvenu ? Non. Le titre et le nom sont parmi les plus grands de France.

Le cachet ! Déjà !...

Le soleil a disparu. Je retrouve, à Rollinat,

l'angoissé visage d'avant-gloire, et je sens que, sur cette grande jatte de lait servie par le succès, avec ce message vient de tomber l'inévitable, la goutte de poison.


## LE POÈTE, L'IMPRÉCATEUR ET LE PLAT DE HARICOTS VERTS

Cependant le public, comme au théâtre, frappe du pied en réclamant *les Névroses*. Pour le faire patienter, un éditeur de musique a publié un recueil composé de : *la Mort des Fougères, le Silence, la Perdrix grise, la Lavandière du Paradis* et *le Champ de colza,* de ce qui lui a semblé le plus à portée de voix et d'oreilles normales.

De plus en plus, le triomphe du poète grandit, et surpasse le plus prodigieux engoûment qui ait enfiévré le monde parisien.

Voilà plus de quinze jours que je ne l'ai vu. Mais je sais que, ce soir, je le trouverai, chez lui, rue Oudinot.

Il est en train de diner. La lumière de la lampe rabattue par un vaste abat-jour fait, de la table, une planète blanche au milieu des ténèbres. Il est assis en face de Léon Bloy. Entre les deux convives, d'un énorme plat creux comme une cuvette, s'élève un monticule de haricots verts, servi à l'instant même, sans doute, car il fume à si gros bouillons que l'ouverture de la porte ayant livré passage à un courant d'air et poussé la vapeur sur Bloy, le sombre visage de l'Imprécateur en est obnubilé.

Je m'asseois tout proche et, tandis que la spirale de ma cigarette monte, parallèle à ces flocons d'holocauste, je demande, simplement, à Rollinat :

— Eh bien ?

Cela suffit. Il éclate. La vie n'est plus possible. C'est intenable ! C'est l'enfer ! Le vertige ! Le cauchemar ! La folie ! Et la honte ! Vous m'entendez, la honte ! Il a cru à la Gloire et il n'en a reçu que la grimace la plus abominable, sa caricature même ! Ils n'ont rien compris au poète adorateur de la nature et angoissé de mystère ! Ils n'ont vu en lui qu'un sinistre et impressionnant cabot, un numéro nouveau ! L'homme qui fait peur en chantant et en disant des vers ! Le voilà ! Le voilà le succès ! Et c'est pour cela qu'on l'invite, qu'on le sollicite, que sa porte est assiégée, son travail devenu impossible, pour le traiter comme un sorcier, en attendant le grotesque de l'épouvantail puisque déjà, la veille, chez l'éditeur Charpentier, le caricaturiste Grévin l'a surnommé Rollinagrobis !

— C'est drôle ! C'est amusant ! Et c'est bien fait pour moi. J'ai exposé le poète que je suis à être traité comme un chienlit de carnaval ! Mais c'est assez ! Assez ! Assez !...

Je suis bouleversé par cette explosion de souffrance, de colère et d'humiliation. J'ai, malgré moi, un hochement de tête qui signifie :

— Je comprends.

D'instinct, je regarde Bloy. Je m'attends à voir, sur le visage de celui qui a prévu toutes ces abominations, la flamme d'un douloureux triomphe. J'attends le condoléant et immanquable :

— Qu'est-ce que je t'avais dit ?...

Mais Bloy est impassible. La cuiller à la main, il a entamé le monticule de haricots verts qui s'est effondré sous ses coups, et ayant comblé son assiette, il mange, le front abîmé dans des fumées d'enfer.

Je demande à Rollinat :

— Qu'allez-vous faire devant cette invasion ? Vous boucler ?

Se boucler ? Mais ils se glisseraient ! Ils s'infiltreraient ! Ils crochèteraient sa serrure et forceraient sa porte ! Non ! Non ! Il n'y a qu'un moyen de s'en débarrasser ! Fuir ! Revenir au Berry, à la terre natale, à la divine solitude de Fresselines, car là seulement, dans la chaude intimité de cette nature qui l'a vu naître, il retrouvera la dignité de soi-même, la paix et le travail !...

Je suis ému à pleurer de cette exaltation de souffrance. Pourtant je ne crois pas à l'exécution de ce violent projet. Je regarde Bloy. Cette fois j'attends de lui, qui a si formidablement prêché à Rollinat la solitude farouche et inviolable, un colossal hosannah. Mais pas du tout ! Après avoir, aux derniers mots du poète, amoncelé, sur sa fourchette, ses derniers haricots verts et les avoir avalés sans effort, il déclare à son ami que si, devant cette armée d'imbéciles, de voyous, de proxénètes, de forbans et d'assassins, il lâchait pied et allait s'enfermer dans un ridicule désert, il serait lui-même aussi saligaud que tous ces répugnants et immondes gredins !... Rollinat n'écoute pas. Moi je suis stupéfait de ce revirement. Mais il continue avec une véhémence croissante. Il affirme au poète qu'il doit chasser la meute hurlante, et que son devoir impérieux est de rester ici, dans cet appartement, en compagnie d'un ou deux intimes d'élection, d'une dizaine d'autres à peu près fréquentables et d'y demeurer, immuable, envers et contre tous !...

Que signifie cette contradiction ? Quelle peut être la cause de ce démenti fulminant à tant de tonitruantes diatribes sommant le poète de rechercher la pire solitude ?

Un geste, que, vers le plat fumant, ébauche la main de l'Imprécateur, m'illumine. Il ne peut se résigner à la disparition, tout ensemble, de l'ami et du couvert. L'esprit est prompt, la chair est faible ! *Primum vivere !* Dans la capitulation d'une âme révoltée, en lutte contre la nature, il y a du poignant. Il y a aussi du sourire. Il me semble que l'Imprécateur est plus étrangement poilu que d'habitude et que l'Exégète prend une ressemblance frappante avec Esaü tandis que le plat de haricots verts se mue en un plat de lentilles !..,

## LA FUITE DEVANT LA GLOIRE

Il est parti ! Rollinat est parti ! Il a spontanément et résolument accompli cet acte ! Il a repoussé tout ce que le désir humain poursuit de toutes les forces et de toute la férocité de sa convoitise ! Il a fui devant la Gloire, et il a tourné le dos à la fortune !

Car ce n'est pas un départ. C'est une fuite. Il a tout planté là, travail, l'imminente apparition de son livre, amis, relations, invitations, disant simplement :

— Je ne reviendrai plus.

Et, quand la nouvelle de sa fuite s'est répandue, elle a produit un effet aussi retentissant que celui de son avènement. Elle soulève, avec une égale fureur, l'indignation et le mépris. Refuser la gloire et la fortune quand l'humanité se crève pour arracher un lambeau à l'une et quelques sous à l'autre ! C'est un sacrilège, un défi, un crime ! Et ce premier transport apaisé, l'opinion prononce le verdict sur lequel elle aussi ne revient jamais plus :

— C'est un fou !

J'éprouve un chagrin qui atteint à la désolation. Je n'ai pas été l'ami intime de Rollinat, qui n'avait pas d'intimes en dehors du règne végétal. Il n'a pas été, pour moi, un maître dirigeant ma pensée et contribuant à ma formation d'écrivain comme Barbey d'Aurevilly, Flaubert, Zola, Goncourt, Daudet, Maupassant, Huysmans, mais il a été le premier enthou-

siasme qui ait fait tressaillir ma sensibilité par la
parole et le chant. Et c'est là un lien que la disparition est impuissante à rompre. Je n'irai pas voir
Rollinat. Il ne viendra sans doute pas me voir lui-
même. Qu'importe ! L'apparition d'un arc-en-ciel,
des fougères mourant sur un talus de chemin de fer,
des nénuphars brodant le piège d'un marais, un
couchant rose ou deux pigeons pelotonnés sur un
toit dans les brouillards d'automne, il n'en faudra
pas plus à ma pensée pour être auprès de lui. Le
vent m'en apportera des nouvelles, et ma mémoire
cultivera son souvenir comme une double fleur,
l'artificielle qui ne croît que dans l'ombre et la vraie
qui ne vit qu'au soleil !....

# IV

# VAGABONDAGES

Plus que jamais je suis enfiévré par la soif de voir et la fringale d'entendre, surtout depuis la disparition de notre Rollinat. Pourquoi suis-je ainsi ? Il me semble que je suis, tout entier, tendu sur une documentation en vue de quelque mystérieux et passionnant reportage.

En compagnie de Buet, je vagabonde éperdument à travers cénacles, caveaux, soupentes à poètes, « dépoétoirs », où se congratulent de tout jeunes gens qui jouent au pauvre artiste tout en se préparant à devenir substituts, avocats, notaires, tandis que d'autres véridiques talents se meurent, là, d'incontestable tuberculose et d'authentique misère.

Les Hirsutes, rue de Rennes, se réunissent dans une tanière si enfumée que la mort les y surprendra si la menace de l'asphyxie ne les en chasse à temps. Une horrible cuisson vaincue, les yeux distinguent, dans le brouillard, des rangées de chaises démantibulées, de tables boiteuses et, au fond, à droite, un buste d'homme qui ausculte un piano phtisique, tandis que, sur une estrade, un poète en proie à la déclamation secoue une blonde chevelure dont les pellicules s'envolent comme une poudre d'or.

Il n'y a, dans cet amas brumeux, qu'un seul être intéressant. C'est un jeune homme qui a dit de beaux vers dont les images partaient comme de grands oiseaux, scintillaient comme de purs glaciers et galopaient comme des torrents. Il n'est pas encore célèbre, mais il a, déjà, une réputation. Brun pyrénéen de Tarbes, il est compatriote de Théophile Gautier et son fils spirituel. Il se nomme Laurent Tailhade et il tranche, sur cette grisaille, par sa mise soignée et l'expression de sa physionomie qui a l'air d'opposer à l'infériorité ambiante l'assurance d'une supériorité défiant, avec calme, toute comparaison. Il a des yeux agités et perçants, une courte barbe et sa bouche, comme si elle suçait des pastilles, distille des phrases d'une préciosité amusante et de la plus incisive ironie. A Bullier, je le retrouve écoutant, dans un groupe, une jeune étudiante qui raconte, avec fracas, comment elle a congédié son ami en lui jetant à la figure tout ce dont il l'avait comblée, et, comme elle s'écrie :

— Je n'ai rien voulu garder de lui ! Je lui ai tout rendu !...

— Même votre tablier, comtesse ? demande Tailhade.

Puis, m'ayant montré un « éreintement » qu'il a fignolé en le déshonneur d'un poète :

— Trouvez-vous pas, interroge-t-il, qu'il serait bon d'ajouter à cette prose déjà malveillante quelques ciguës et quelques mandragores ?

Curieux homme ! Poli jusqu'à gêner, impatient jusqu'à exaspérer, sournois, mordant, emporté, éloquent, c'est un passionné d'art et de sincérité qui portera des coups redoutables à ses contemporains et qui brisera des idoles... mais qui paiera la casse !...

Chez Madame Marie Krysinska, dans un salon étroit comme un couloir, les poètes s'assoient, côte à côte, sur un canapé si long et si semblable à une impériale d'omnibus qu'on l'appelle « Clichy-Odéon-Batignolles ». Il y a là un poète de grand et pur talent. C'est un beau garçon élancé, de qui l'air arrogant provient d'un monocle qui dévisage, d'une parole qui tranche et de moustaches qui piquent. Son naissant génie l'a déjà fait chef d'école. Jean Moréas est son nom. Il commande à l'école romane et son art est d'origine si rattachée à Ronsard, sa forme si classiquement française qu'un de ses ancêtres a dû « le prévoir » et se faire naturaliser Grec pour lui léguer la joie fantaisiste de confier à ses intimes qu'il s'appelle Papadiamantopoulos.

Debout, devant la cheminée, il fait quelques pas comme s'il s'avançait jusqu'à la pointe d'un cap d'où il parlera, non à d'humbles mortels, mais à la mer Égée. Pourtant ce public le trouble. Est-il digne d'entendre ? Il le suppute un instant, en effilant ses moustaches, en assujettissant son monocle. Puis, se décidant, il déclame avec un accent qui met sur chaque voyelle un « esprit rude » :

*Le samovar boout sur la table en laque,*
*Lise varse nous le tha parfuma...*

J'écoute, mais je ne peux m'empêcher de regarder, auprès de la belle et souriante Polonaise, un tout jeune homme déjà vieilli d'amour et qui s'en ira, bientôt, en mourir au fond d'un cloître, dans un *in-pace* de Burgos...

## L'ENTERREMENT DU TRIBUN

Les obsèques nationales de Gambetta vont défiler sous mes yeux. Un collègue de la Compagnie m'a gratifié d'une excellente place au premier étage d'une brasserie du boulevard Sébastopol, et, confortablement assis devant une fenêtre, j'attends.

On a fait grand bruit autour de l'inébranlable refus opposé par le père Gambetta aux pressantes démarches accumulées auprès de lui pour obtenir qu'il laissât à Paris la dépouille de son fils. Rien n'a pu le fléchir et, moins encore sans doute que toute adjuration, la lettre de Victor Hugo, qui se termine par cet argument d'une tiédeur immense :

« Laissez votre fils à Paris. Il le mérite comme homme illustre. »

Le père Gambetta ! Sur la place de la Cathédrale,

à Cahors, faisant face au fragile et bruyant village
de tentes à toits frissonnants qui abrite, à côté des
légumes et des fruits, les passionnées gesticulations
et les piailleries des revendeuses, aux heures du
marché matinal, comme je me souviens d'avoir vu,
devant la porte du « Bazar Gênois », ce majestueux
vieillard qui avait l'air d'un lion ridiculement
enchaîné à une épicerie.

Et Léon ? « Lou nostré Léonn », comme disait
Cahors et comme, à un moment, a pu dire la France.

Une flamme qui s'éteint. Une voix qui se tait.

Je n'avais que dix ans en 70 et je n'ai pu voir, de
près, la flamme. Mais, à vingt ans, j'ai entendu la
voix, et, chaque fois que son souvenir se dressera en
moi, je l'entendrai !...

Il y a, de cela, trois ans à peine. Il avait consenti,
durant le concours régional de Cahors, à venir y
prendre la parole pour l'inauguration du monument
élevé à la mémoire des gardes mobiles du Lot tombés
à l'ennemi... Il s'était fait violence, car il lui répugnait
de retourner dans sa ville natale qui avait poursuivi,
à coups de pierres, sa voiture de fugitif, dix ans
auparavant.

Maintenant les siens de qui sa jeunesse pauvre
avait connu le rude et inconscient égoisme, toutes les
villes et la population de cinq départements se pres-
saient sur son passage, rivalisant d'enthousiasme
réparateur, s'époumonnant à pousser des vivats.

Lui, le haut de forme en arrière, sur ses cheveux

de tribun assagi, son énorme tête puissamment ren-
versée, le corps alourdi, sa main droite appuyée sur
une forte canne, entouré de ses admirateurs et amis,
Spuller, Joseph Reinach, Emmanuel Arène, Deluns-
Montaud, Fieuzal, etc., et des officiers, parmi
lesquels le général Appert, commandant le dix-
septième corps d'armée, montait, d'un pas pesant les
Fossés, ce boulevard cadurcien dont la poussière
avait connu l'empreinte de ses galops d'enfant.

Sur l'esplanade, dont le monument domine le
cours du Lot au fond de la vallée, et fait face aux
montagnes, plus de trente mille personnes se
tassaient, débordaient au dehors, se penchaient aux
fenêtres, s'équilibraient sur les toits, chevauchaient
les branchages des arbres. Au moment où il apparut
sur l'estrade, déjà toutes les bouches se taisaient et
tous les cœurs battaient.

Un instant, il se recueillit, fit quelques pas, allant
et venant et, tout à coup, s'arrêtant, la tête brusquement rejetée en arrière, le bras tendu, l'index à
l'horizon, il parla. Ce fut d'abord comme le sourd
gargouillement d'une chaudière qui bout. Puis soudain, la parole s'affranchit, bondit au dehors comme
si, en elle, rugissait la clameur de tous ces héros
morts dont il prenait les commissions de revanche.
Car lui qui avait dit : « Pensez-y toujours, mais n'en
parlez jamais ! » ne faisait qu'en parler, sanglotant
de douleur, tonnant de colère, grinçant de rage,
exultant d'espoir, soulevant les masses, leur indiquant

les chemins de la victoire, et sa parole, la seule au
monde qui pût affronter l'espace, s'y ruait comme
l'ouragan, y lançait des éclairs, y roulait le tonnerre
jusqu'à ce que, finalement, ce miraculeux évocateur
eût fait lever, à nos yeux, l'aurore du demain triomphant !... Et c'était si extraordinairement beau que,
un grand moment après ses dernières paroles, les
trente mille bouches de ses auditeurs ne pouvaient
s'arrêter de hurler leur enthousiasme.

Le soir, redevenu enfant de Cahors, il avait bravé
la mauvaise humeur d'un cercle réactionnaire pour
porter à de vieux camarades de collège la poignée de
main de sa loyale et tenace amitié. Il y fut mal reçu.
Le baccara y battait son plein. Quand il entra, un
ingénieur périgourdin qui taillait là une banque
« rasoir » proféra :

— La partie continue.

Mais, sans prendre garde à cette goujaterie, que
ne pouvait même excuser la fièvre du jeu, Gambetta,
souriant, alla au-devant de ses vieux amis. En quelques mots, il avait désarmé la rancœur politique,
rallié tout le monde, et le cercle entier se pressait
autour de lui, conquis par sa cordialité, la verve
chaleureuse avec laquelle il ressuscitait les souvenirs
d'enfance et de lycée. On lui serrait les mains, on
l'acclamait et ce furent des condisciples enthou-
siasmés qui offrirent le punch d'honneur moins au
grand citoyen qu'à l'illustre camarade demeuré, en

dépit de la gloire et de la politique, fidèle à l'amitié.

Et, maintenant, comment cette foule va-t-elle accueillir couché celui qu'elle n'imaginait que debout ?

Un kilomètre de respect, c'est tout ce que la foule consent au convoi d'un grand homme. Après cette distance, elle s'agace. Mort ou vivant, le grand homme est, pour elle, un acteur qui lui doit des égards et, même si son cadavre se.fait attendre, il est sûr de rater son entrée.

La masse que j'ai sous les yeux est énervée et houleuse. Elle crée des incidents. Elle rit. Elle gouaille et s'indigne contre les bandes de souteneurs et de filles qui insultent et bousculent les spectateurs, irrités déjà par la fatigue d'un long piétinement.

Mais les fanfares éclatent. Voici la parabole flamboyante des trompettes, le miroitement des casques et les flammes droites des sabres.

Un ah ! ah ! ah ! de curiosité et de satisfaction jaillit et s'allonge. Le corbillard apparaît. Les têtes se découvrent, et c'est le seul hommage que la cohue décerne. Un assez long moment, elle s'intéresse aux couronnes qui défilent, acclamant les plus belles, conspuant celles qui lui semblent insuffisantes et mitraillant de lazzis celles qu'elle juge grotesques. Puis, en voilà assez. Elle rompt les barrages et, les deux trottoirs mêlant leurs flots au mascaret qui accourt, c'est un formidable raz de marée qui, derrière le cercueil du grand citoyen, roule des

hauts de forme, des chapeaux melons, des cas-
quettes, des képis, des feutres empanachés, des
chignons, des tignasses, des fourrures, des camisoles,
des bicornes et des insignes de francs-maçons. Et ce
grouillement, qui, de plus en plus, devient un
tumulte de fête, est si écœurant que j'aime mieux
m'en aller, gardant l'image protéiforme du Gambetta
de Cahors et du Gambetta de la France, patriote
comme Danton, éloquent comme Mirabeau, ardent
et magnanime comme Murat, roublard comme Tal-
leyrand, fier comme Artaban et pauvre comme Job !...

## LE CHAT NOIR

C'en est fait. Rodolphe Salis, dans sa lutte contre
les chevaliers du trottoir, les a boutés dehors. Une
sécurité à peu près complète est assurée à ses clients,
et il reste juste assez de danger pour leur donner,
avec un sentiment de bravoure, l'attrait d'une légère
peur. Le Chat noir est fondé. Enchâssé dans ce
long râtelier de maisons que déroule le boulevard
Rochechouart, la taverne y découpe le carré de sa
devanture à culs de bouteilles encadrés dans des
filets de plomb. Une enseigne la surmonte. Comme
dans les contes d'Edgar Poë, elle projette, hors de
la muraille, un efflanqué chat noir, la tête rampante,
les yeux fous, le dos en dromadaire et la queue
verticale, épilée par la faim ou la rage.

A l'intérieur, la salle est un étroit et court rectangle. De vertes tapisseries en décorent les murs et quatre tables s'allongent, parallèles, séparées par un passage central à l'extrémité duquel se dressent, à gauche, un piano et, à droite, un comptoir. Mais, là, une porte basse ouvre sur des ténèbres. Qu'y a-t-il au sein de cette nuit ? Mystère.

Jadis, exista le gentilhomme verrier. Rodolphe Salis a créé le gentilhomme cabaretier. Lui-même s'est offert ce surnom. C'est un assez beau gars, trapu, solide et décidé. Les « marlous » qu'il a taillés en pièces ont dû certainement l'appeler le rouquin, car, blafard de teint, ses cheveux aplatis, sa barbe pointue et sa moustache « mousquetairement » retroussée rutilent comme l'or. Aveugle sur ses dons, il s'était cru peintre. Rendu à la lumière, il s'est vu tavernier. Comme peintre, il n'eût, sans doute, jamais enfanté de chef-d'œuvre. Comme tavernier, il a créé une œuvre.

A Montmartre, au pied de la Butte, avec un espoir de s'enrichir égal à celui d'encourager écrivains, poètes et artistes, il a fixé un point de ralliement à tout ce qu'il y a d'art et d'esprit errant dans les rues de Paris. En leur offrant une salle, il savait bien qu'il attirerait là le public bourgeois désireux de coudoyer des artistes qui lui feraient entendre les primeurs de leurs vers et de leurs chants, mais il ne sait peut-être pas encore qu'il a fondé le premier conservatoire de la chanson française et de l'esprit montmartrois.

Moyennant un léger supplément, le consommateur profane est autorisé à pénétrer dans l'arcane du fond que Salis a nommé l'Institut et qui est un réduit dont la seule originalité consiste à être plus obscur que la salle d'entrée. Un journal hebdomadaire propage, à travers Paris, le succès grandissant du Chat noir, et, en plus des attractions artistiques, le client de passage est retenu là par l'agrément de feuilleter un incomparable album découvrant, les jardins poétiques d'où ont pris leur essor pour courir le monde, des vers, des proses, des maximes, telles que la pensée d'Haraucourt : « Partir, c'est mourir un peu. » Ainsi, avec une minutieuse et inventive habileté, il a tout machiné pour le succès et tandis que, grasse et radieuse comme une belle flamande, madame Salis trône au comptoir, lui, va, de table en table, avec, pour le bock à demi-plein du poète, un regard qui tolère, mais, pour le verre vide du consommateur, un coup d'œil qui menace, et, d'une intarissable verve, débitant des boniments moyenageux ou renaissance en traitant ses hôtes tour à tour de messires, de gentilshommes, de gais lurons, de joyeux drilles, ou de croquants, il excite les poètes à dire des vers, les musiciens à chanter et tout le monde à boire !...

Ce n'est pas un cénacle. Il n'y a ni chefs ni disciples. Chacun y garde sa personnalité. J'y retrouve les Goudeau, Fernand Haraucourt, Léon Bloy, Fernand Crési. Mais quels intéressants nouveaux je rencontre là ! Georges d'Esparbès, un poète de souffle brûlant et d'imagination splendide. Avec quelle admiration je l'entends évoquer, à grands coups d'ailes, comme une révolte d'anges, le premier fratricide ensanglantant la verdure du Paradis terrestre et venger Caïn de l'opprobre auquel le condamnait son frère Abel, accapareur hypocrite des grâces du Seigneur ! Et je regarde ce râblé jeune homme, ramassé en boule, mimant ce premier fait divers, ce drame de la jalousie et fonçant, comme s'il l'assaillait à coups de tête. Car d'Esparbès, s'il eût vécu en ce temps-là, fût intervenu et les choses ne se seraient pas, à coup sûr, passées ainsi, ce poète étant plus fier encore de sa force musculaire que de son talent.

Joues cramoisies, barbe et cheveux roux, l'œil bleu, furtivement émerillonné d'un normand capitaine au long cours, ami de la mer mais ennemi de l'eau, Alphonse Allais entre, s'asseoit, vide le verre qu'on lui a servi et déclare :

— Cette bière est imbuvable ! Un bock de la même pour que je la confronte !...

Puis s'adressant à un voisin, il affirme, avec force, que, mal compris ou détroussé de ses idées scientifiques, il est bien décidé à supprimer toute communication à la presse et à ne s'adresser, désormais, qu'à l'Académie des sciences.

La figure semble balancer une pancarte annonçant :

— La joie est à l'intérieur !

Il sourit peu, ne rit jamais, est grognon comme un vieux de la vieille ou morne comme un fakir, et s'il discute, il traite son contradicteur avec le plus furieux emportement « d'ami bien cher » comme, avec la plus persuasive douceur, il l'appelle : « cher crétin » ou « chère brute avinée ».

Il vient d'Honfleur, où son père l'eût voulu, comme lui, pharmacien, et où, chaque fois qu'il rencontre son premier instituteur, il occasionne de véritables rassemblements en désignant aux passants ce pédagogue et en s'écriant avec des transports de reconnaissance :

— Voilà celui qui m'a fait ce que je suis ! c'est à cet humble, à ce chétif éducateur de mon enfance que je dois la haute situation que j'occupe et le prestige de mon nom !...

Il a défini le titre de la parenté qui unit Francisque Sarcey à la Littérature, en le faisant dorénavant appeler « notre oncle » par tous les écrivains. Avec des regards éplorés, des mines apitoyées, stupéfaites ou de soudains éclats d'indignation, son badinage a d'incessantes et imprévues trouvailles :

— Un ours ! s'exclame-t-il tout à coup, puis, ayant ajouté :

— Mon Dieu qu'il est petit !...

Il montre, du bout de sa bottine, une chenille qui se tortille, brune et bourrue, en effet, comme un ours. Et c'est ainsi que, par des facéties déjà célèbres, mais surtout par l'incomparable bouquet de ses chroniques et de ses brèves histoires, sa prose est en train de devenir un des plus grands crus de l'humour et lui-même le Marc Twain français.

Deux artistes se détachent là avec un pittoresque et saisissant relief. Le dessinateur et peintre Rivière est un grand et maigre jeune homme qui, sous ses petits chapeaux désolés, blottit un visage de petit enfant à qui l'on a fait du chagrin. Il porte un mac-farlane qui s'arrondit comme une sombre crinoline autour des jambes les plus fluettes du monde et, de loin, il semble tellement une cloche que, lorsqu'il balance d'un pied sur l'autre, on serait volontiers surpris de ne pas lui entendre sonner l'*Angelus*, pas celui de Millet, le sien, un vrai. Il est d'une timidité farouche. Il parle peu, mais on sait déjà que, sous ce petit « galurin », et à l'intérieur de ce mac-farlane, il y a le cerveau et l'âme d'un très grand artiste sous le pinceau de qui le paysage s'émeut au passage des joies ou des souffrances trimbalées par les pauvres gens et par les animaux.

A côté de ce noir jeune homme, la blondeur du musicien Fragerolle rutile et, s'il y a, dans la barbe de ce Bourguignon, des reflets d'or de Chablis, il y a, aussi, sur ses joues, des lueurs de Romané-Conti, des flammes de Clos-Vougeot et des incendies de Pommard. Avec plus de classicisme et plus d'ardeur à la vie que Rollinat, il est, lui aussi, chantre de la nature, et quand, à travers les ensoleillées mélancolies d'automne, il lâche la sarabande chantante des vendanges, c'est le plus extraordinaire *Magnificat* qui jaillit du vignoble de France.

A part ces deux-là, c'est l'humour qui domine au Chat noir, et, dramatique, amère, élégiaque, « rosse » ou simplement joviale, chez les poètes, les chansonniers, les peintres et les dessinateurs, la satyre y sévit.

Adolphe Willette, en qui ressuscite le génie du xviiie siècle, y met au monde ses allégories charmantes et profondes, ses vaporeux pierrots, ses adorables Colombine, et Watteau, de la Butte, y prépare son propre embarquement pour la Gloire.

Suisse naïf, expatrié sur cette même Butte, ridicule cime pour lui, Steinlen descend, de son pas montagnard, jusqu'aux bas-fonds de Paris et en rapporte ces hottées de loques humaines auxquelles son souffle de créateur donne une vie plus réelle encore que la tragédie de leur réalité. Et voici l'inimitable fantaisiste Caran d'Ache qui a substitué cette noblesse étrangement gothique à la bonhomie de son patronyme Poiret. Il est originaire de Pétersbourg. C'est un beau slave aux cheveux blonds, aux yeux clairs, à la moustache blonde, compassé, boréal et souriant. Il est d'une élégance ultra-gommeuse, prétend à lancer des habits feuille morte, même vert-pomme, et comme il ne peut supporter l'usuel : « Comment allez-vous ? » il en relève la banalité en demandant aussitôt après, avec un intérêt plus amical encore, et qui roule les *r* : « Et les organes ?... »

Les chansonniers se groupent en phalange, formant déjà presque un orphéon. Les solistes en sont le délicat Delmet, qui ressuscite la romance sentimentale et de qui *Vous êtes si jolie* fait chevroter les ténors de salon, perche de l'attendrissement sur les échafaudages et remplit de tristesse les cages d'escaliers. Jules Jouy, balourd et joufflu paysan, aux petits yeux matois, au petit rire narquois, embouche à grands coups de gueule à la Pierre Dupont et fouaille, avec un fouet de charretier, les rapacités des terriens. Plus pince-sans-rire, et de plus aristocratique lignée, Mac-Nab, avec un génial brio, caricature les ridicules façons des parvenus politiques. Vaucaire raconte à Delmet ses « petits chagrins », Xanroff nous intéresse au désarroi de « trois étudiants », et Ferny, les mains dans les poches, signale l'imbécile automatisme présidentiel qui « sourit, salue et sort ».

Que c'est différent des cénacles Rollinat ! Là on s'enthousiasmait. Ici on blague, avec de la verve à défaut d'enthousiasme. On blague tout... même le Sacré-Cœur, et, quand Léon Bloy n'est pas là, on chante :

*Sur la butte,*
*En butte*
*Aux luttes,*
*Au plus haut des cieux,*
*Les séraphins épatés*
*Disent en soufflant dans leurs flû...û...tes.*

Mais les séraphins chansonnés se vengent comme se vengent des séraphins, en chassant la blague à grands coups d'ailes et en remplaçant la laideur de sa grimace par de la pure beauté.

Ce ne peut être en effet qu'un séraphin qui a inspiré à Salis l'idée d'installer, au « Chat noir », une sorte de lanterne magique, sur laquelle des ombres joueront des scènes écrites par des poètes, composées par des musiciens et commentées par des récitants chanteurs.

Répondant à ce vœu, Rivière a dessiné, puis découpé, en une série de tableaux, un beau mystère de la Nativité, où frémit le tressaillement du monde sentant qu'au plus bas de lui-même un Dieu vient de lui naître. Fragerolle a prodigué à ce poème les accents de foi primitive et enthousiaste qu'il lui fallait. C'est à la fois humble, magnifique et poignant. Il semble qu'en un lieu inconnu un être surnaturel et mystérieux aspire la terre entière. Qui est-il ? Où est-il ? Une étoile se propose pour conduire le monde vers son Dieu et, guidée par l'astre qui la précède, l'humanité se met en marche. Les rois s'avancent, à sa tête, porteurs de présents. Derrière eux, les troupes deviennent des foules dont l'enthousiasme râfle tout sur leur passage. Les foules deviennent des multitudes, puis des masses, des flots qui bousculent, des torrents qui débordent, des fleuves qui roulent et qui, bientôt, sont des océans. Toute la joie et toute la douleur humaine se sont levées, courent ou se trainent, galopent ou rampent, les yeux levés vers la lueur qui les dirige, et toutes ces pauvres forces se tendent vers l'allégresse ou la consolation promises par l'étoile !...

Dans cette humble taverne d'artistes, un extraordinaire Noël a surgi, si puissant qu'il en fait éclater les cloisons, car le triomphe est tel que Paris emboite le pas à *la Marche de l'Etoile* et que, par tous les chemins qui montent vers Montmartre, s'organisent des pèlerinages auxquels ne manquent pas de se joindre les bruyantes caravanes des fêtards et des grues.

Salis se sent capable d'étancher la soif d'idéal, et la soif terrestre de la chrétienté tout entière, même de tous les peuples sans distinction de culte. Mais sa taverne est désormais trop petite.

Elle est cependant, à elle seule, tout Montmartre.

L'artiste y trouve le bifteack qui nourrit mal son corps et l'applaudissement qui soutient son orgueil. Le danger est qu'il s'y plaise à tel point qu'il n'en puisse jamais plus sortir !

Ce ne sera pas, en tout cas, celui-ci qui, tout de suite, donne l'impression de ne s'être posé sur Montmartre que pour mieux s'envoler vers Paris.

C'est un jeune homme de belle et forte structure, aux larges épaules, aux bruns cheveux crépus, aux yeux rieurs qui lancent de petits éclairs et se voilent, tout à coup, en ayant l'air de demander pardon comme s'ils s'étaient trompés d'adresse, un nez interrogateur et une bouche aux lèvres épaisses qui aime le rire et y mord, à pleines mâchoires comme dans du gâteau.

Il vient de s'avancer vers le piano et de s'y adosser après avoir repoussé les jambons qui en encombraient le dessus. Puis, en roulant sur le bout de ses doigts des boulettes de papier ou de pain, avec le geste fébrile et hiératique d'un danseur chinois, il a dit des vers qui, à partir du troisième, ont fait se dresser toutes les têtes présentes, tant chacun de nous a reçu le choc de l'inédit.

Chez les uns, c'est l'éveil ; chez les autres, l'indécision ; chez la plupart, l'enchantement ; chez tous, la surprise. C'est tellement nouveau !

Il y a, là, de tout, de la raillerie, de la volupté, de la douleur qui sourit, du rire qui pleure, de l'espièglerie en jeux de mots et, dans des couplets de revue, tout ce qui peut se dire de plus profond comme philosophie. Je demande :

— Qui est-ce ?

— C'est un élève de l'Ecole Centrale, me dit un voisin.

— Qui est entré dans la Littérature, ajoute un autre.

— Et qui s'appelle ?

— Maurice Donnay.

Il s'assoit à ma table. Nous causons. Un jeune

garçon joue au piano un morceau qui a pour titre :
*l'Immensité*, et, pour sous-titre : *Polka*. Je dis à
Donnay :

— *Musica me juvat !...*

— Ou *delectat*, me répond-il.

Et voilà ! Il se trouve que nous rions des mêmes
choses. Pour pleurer sur les mêmes sujets, tout le
monde est d'accord. Mais rire pour les mêmes motifs,
voilà le vrai lien, me dit-il, et nous découvrons que
nous devons être amis d'enfance...

A dater de ce moment-là, nous nous traitons comme
tels, et j'y gagne, en les plus délicieuses flâneries du
monde, de voir naître et grandir un talent qui sûrement deviendra, au théâtre, le plus délicat, le plus
profond, le plus original génie.


## DERNIER ADIEU AU CONNÉTABLE


Je dîne, en compagnie de Buet, à la terrasse d'un
restaurant du boulevard. Il parle. Avec des grimaces
de gourmand roulant dans sa bouche, pour l'ama-
douer, une petite pomme de terre qui lui brûle la
langue, il m'apprend qu'il est sur le point de faire
comme Rollinat, de quitter Paris, lui aussi ! Oh !
pas pour le même motif ! Il n'aurait peur, lui, ni
de la gloire ni de la fortune, mais ni l'une ni l'autre
ne veulent lui sourire. La vie lui devient impossible.
Les charges l'accablent. Son travail littéraire ne lui

procure pas de quoi nourrir les siens. Il les voit
souffrir. Il souffre lui-même atrocement. D'incessantes angoisses étouffent sa liberté d'esprit. Il a
lutté tant qu'il a pu. Il est devant l'insurmontable.
Il s'en va...

C'est dimanche, l'après-midi. Il fait beau et
j'accompagne Charles Buet, qui, devant partir après-
demain, va, rue Rousselet, dire adieu à Barbey
d'Aurevilly.

Je n'avais encore jamais franchi le seuil du
tourne-bride. Quel serrement de cœur ! On pénètre
sous une voûte, prolongée en tunnel, débouchant sur
une cour où des giclements de pompe et des piailleries
d'enfants dénoncent des logements d'ouvriers.
L'escalier est sombre et brutal. Je n'ai jamais été si
cruellement saisi à la gorge par l'odeur de la pauvreté.
Et le plus poignant de tout, c'est que cela est propre !
Nous y voilà !

La chambre ! Seigneur Dieu, la chambre ! Deux
fenêtres l'éclairent à peine à cause des futaies d'un
parc, en face, qui entretient l'ombre en passant le
jour au crible des feuillages. La chambre du Connétable ! D'un seul regard, on en cueille le moindre
détail, comme, dès le premier pas, on en reçoit la
plainte. Elle s'exhale de toutes ces pauvres choses
qui protestent :

— Quelle honte et quelle pitié que de misérables
meubles comme nous servions un tel seigneur et

maitre quand nous serions tout au plus dignes de servir sa domesticité !

Un grand fauteuil Louis XIII monté sur ses quatre tire-bouchons de chêne, et dont le dossier affiche les armes du chevalier Barbey, est le seul meuble d'apparat. Il s'entoure d'un mobilier qu'on croirait exhumé des décombres d'un galetas ou extrait de quelque vieil hôtel meublé d'une petite ville. Un lit couvé par deux grands rideaux à fleurettes fanées, un fauteuil Voltaire, quelques chaises, une armoire à glace, trois tables, l'une de toilette, la deuxième à manger, la troisième à écrire encombrée de papiers, de livres, de flacons d'encre de toutes les couleurs, et sur les coins de laquelle s'accroupissent, en gargouilles, deux chattes à longs poils, voilà le présent. L'autrefois est sur les murs en une peinture de Roger de Beauvoir représentant Barbey d'Aurevilly au temps de son jeune dandysme, le portrait de sa mère, et un saint George terrassant le dragon, lithographie offerte par Mme Judith Gautier. Une image de beauté enchante le regard, la photographie de Mlle Marthe Brandès.

Un objet l'effare. C'est un flambeau obtenu par la conjonction d'une baïonnette et d'un poignard indien.

— Donné par Baudelaire, me dit-on.

Mais je le crois fabriqué puis offert par un familier du salon Buet, ce capitaine de pompiers qui travaille à l'arme blanche et s'est façonné, de la sorte, un lustre dont on dit des merveilles. Tant de romantisme entre-t-il dans l'âme d'un pompier !... Et puis, attenant à cette chambre, s'enfonce un réduit, sorte de garde-robe. Les cannes ont pris, là, leur retraite et, dans ce lieu tranquille et noir, elles se reposent d'avoir ébloui.

Il n'y a, quand nous entrons dans le tourne-bride, que deux familiers, Georges Landry et Léon Bloy. Tout à l'heure Barbey le Connétable, pour aller dîner, comme tous les dimanches soir, chez Coppée le poète des humbles, endossera la tuyautée redingote et s'appliquera le pantalon à sous-pieds. Pour le moment, vêtu d'une ample cagoule écarlate constellée de petites croix noires, il termine ses ablutions en se lavant les mains.

Il parle et la pauvreté, déjà, s'est enfuie de la chambre. Sa parole ne transforme pas le décor. Elle l'efface. Tout en passant et repassant ses doigts lentement les uns sur les autres et faisant gonfler la mousse avec le geste de confectionner, amoureusement, un plat d'œufs à la neige, il parle et jette les images, les anecdotes, les portraits, les descriptions, les ripostes, l'éloquence et l'esprit comme si ce pauvre magnifique lançait des poignées d'or au visage des admirateurs que, tout à l'heure encore, navrait sa pauvreté. Mais voici que le soleil, à l'horizon, vient de le viser à travers les ramures du parc et lui décoche un rayon qui tombe sur sa poitrine écarlate, en aumône, comme un beau louis d'or. Le Connétable relève l'insulte. Il se redresse et, plongeant son regard dans l'œil de ce « soleil lâche qui se laisse fixer », il lui renvoie son aumône augmentée d'un trésor. Sa vieille rancune contre le céleste insulteur de la détresse humaine s'exhale en imprécations d'un lyrisme qui porte jusqu'à lui, et je ne verrai jamais plus rien d'aussi grand que le duel de ces deux vieux soleils, aboutissant à la déroute finale de l'astre qui tombe, tandis que demeure, impérissable et debout, le génie...

## LES TREIZE

Ce que j'ai tant souhaité, l'idée à laquelle, comme les autres, je tenterai de donner la vie est venue à moi. L'ange ou le démon que tous nous portons en nous a présenté à mon imagination une brune et pâle jeune fille de mon pays qui m'a dit :

— J'étais née de paysans. J'ai voulu, en m'instruisant, m'élever au-dessus de ma condition. J'ai vécu de cette ambition. J'en ai aimé. J'en ai souffert. J'en suis morte. Voulez-vous raconter mon histoire ?

J'ai répondu :

— Oui.

J'ai commencé, et maintenant, ce n'est plus par un travail que je suis pris, mais par une passion, un amour.

Je ne vois guère plus personne. Quelquefois je

lis un chapitre à Henri Lavedan qui veut bien m'encourager avec une amitié chaleureuse et, à son tour, me lire, pour ma délectation, des fragments du livre qu'il va publier : *Mam'zelle Vertu.*

Il me présente à quelques jeunes et élégants écrivains groupés par Camille Oudinot en vue de former une société de treize compagnons de la plume qui doivent se réunir dans l'atelier de son père, le peintre Oudinot, rue de la Grande-Chaumière, et être présidés par Guy de Maupassant. Je ne crois pas que la totalité des plumes y ait été réalisée, la majorité tout au plus, et encore à une voix, car je ne me rappelle que de six camarades, peut-être parce qu'ils étaient les seuls à avoir du talent.

L'un d'eux, brillant élève de l'Ecole polytechnique, est ingénieur, mais si le sens de la vie lui indiqua d'abord la direction des sciences, le sentiment de sa vraie personnalité lui commanda, bientôt, en désignant la direction des Lettres :

— Par ici, s'il vous plait !

C'est Marcel Prévost. Il a vingt-trois ans à peine. Ah ! quelle provision de jeunesse intellectuelle et physique il y a dans ce garçon ! Elégant et distingué par l'allure de sa personne et sa tournure d'esprit, il est de ceux très rares de qui la parole et le geste donnent les mesures de la pensée en hauteur et en grande largeur. Il parle net. Il regarde vif et profond. Méthodique et précis, il est l'ardeur même et, s'il ne tient pas en place, c'est qu'il cherche sa place, sa chaise, comme il dit. Mais il la cherche sans déranger les gens, car il calcule les distances autant qu'il les observe et, pour obtenir que, sur son passage, de soi-même on se dérange, il a le triple pouvoir essentiel : il crée, il émeut et il charme.

Abel Hermant, lui, débarque de Normale dans la Littérature. Il a voulu apprendre à dessiner avant de commencer à peindre. Ultra-soigné de mise, il est courtois, affable et compassé. Un sourire presque permanent lui hérisse la moustache, lui gonfle les joues et lui bride les yeux. Sa parole est précise, précieuse et sort de ses lèvres, à petits pas, sur la pointe des pieds et sur son trente et un. Je lui crois un talent puissant, abondant, une probité d'art infaillible et un sens de la concurrence fortement aiguisé. Il me parait amoureux fou de la documentation. Il fera de redoutables inventaires dans les âmes et les immeubles de ses contemporains, et il sera le contrôleur des wagons littéraires avant d'être un des plus autorisés et prestigieux mécaniciens du train qu'il conduira.

Flexible, élégiaquement spirituel et attendri, Hugues Le Roux est un roseau pensant. Le vent qui souffle l'incline avec une égale grâce vers le roman, le conte, le théâtre, le journalisme, la politique ou bien la poésie. Il nous lit une nouvelle qui est l'histoire d'un enfant bossu demandant à sa mère, sur son petit lit de mort, si les enfants, comme lui, garderont leur bosse, même dans le ciel. Ce n'est pas la sottise geignarde que l'on pourrait croire. C'est d'une belle qualité d'émotion, un peu *Petit Chose*, sans doute, pour rendre hommage à Alphonse Daudet, qui protège Le Roux et vient de faire à son nouveau-né, en chair et en os, celui-là, cadeau d'une barcelonnette.

J'ai à peine entrevu Jules Perrin, mais je le sais un curieux esprit de qui un livre prochain apportera une spéciale et remarquable contribution aux plus subtiles investigations de la psychologie.

Quant à Camille Oudinot, comme il a tort, doué comme il est, d'être le plus angoissé des douteurs de soi-même ! C'est un profond mélancolique avec les gestes d'un qui s'amuse même dans les fêtes foraines, car il imite, froidement, le roulement du tambour et les fioritures du cornet à piston jusqu'à faire naitre l'envie d'une polka.

Trois ou quatre soirées nous réunissent, rue de la Grande-Chaumière, et puis les treize se dispersent sans avoir été treize et sans avoir jamais vu, parmi eux, Guy de Maupassant qui, s'ils avaient été treize, les aurait peut-être présidés.

# V

## L'ADMINISTRATION VEUT DES SCRIBES MAIS PAS D'ECRIVAINS

Rien ni personne ne pourrait me détacher de l'amour qui me lie à ma petite héroïne. Tous les instants de ma vie deviennent les moments de la sienne. Je n'ai cependant pas cru pouvoir refuser à un ami d'enfance à qui le père a laissé, en mourant, une fortune dont il veut consacrer une part à des ambitions politiques, ma collaboration au journal bi-hebdomadaire qu'il fait imprimer au chef-lieu, centre de son action. Il m'a offert pour cela un prix d'ami. Je croyais que l'amitié de ce prix se manifesterait par son importance. Elle se révèle, au contraire, par sa modicité, car c'est pour cent francs par mois que j'accomplis ce travail.

C'est une tâche d'autant plus ingrate que, si la rétribution matérielle en est mince, les rancunes que me valent les passions locales déchaînées par ma prose commencent à me faire sentir leur sournois et menaçant effet.

Déjà mon chef de bureau m'a prévenu. La direction a été informée que non seulement je consacrais de longues heures à écrire un roman, mais que, plus coupable entreprise, je menais, dans un journal de province, une campagne de violences au sujet de laquelle les plaintes affluaient.

J'ai beau répliquer que je consacre à mon travail personnel exclusivement les deux heures laissées à ma disposition par l'absence de toute occupation, et qu'en ce qui concerne ma collaboration politique elle s'exerce deux fois par semaine, entre cinq et sept heures, moment où, sorti de la Compagnie, je suis redevenu un citoyen maître de ma pensée comme de mon temps.

— Ami, me dit alors Faradol qui devient affectueux, par conséquent dangereux, l'Administration ne reconnaît pas à ses employés le droit de s'occuper de politique et, j'irai même plus loin, ni de littérature !

— Bravo !

— Ami charmant, l'Administration veut des scribes, mais pas d'écrivains !...

— Et alors ?

— Alors, si vous ne renoncez pas au travail littéraire pendant les heures de bureau et à la collaboration politique en dehors, comme, à cause des frais énormes de son procès avec la Ville, la Compagnie veut, pour faire des économies, supprimer le plus d'emplois possible, elle pourrait bien prononcer à votre égard...

— La révocation ?...

— Quel gros mot ! proteste-t-il avec un geste qui repousse une vision d'horreur. Non certes ! Pas ainsi, d'emblée... du moins je ne peux croire ! Il y aurait, auparavant, je pense, une mise en demeure...

— A laquelle, je vous le certifie, je n'obéirai pas, dis-je. Qu'est-ce qu'elle exige donc, l'Administration ? Que j'attende, bras croisés ou le petit doigt sur la couture du pantalon pendant deux heures, le travail qui ne viendra jamais ?

— Le principe, ami ! L'Administration a décrété que le travail de l'employé lui appartenait depuis son entrée au bureau jusqu'à sa sortie.

— Mais puisque, deux heures avant sa sortie, cet employé devient un inemployé, ce décret ne saurait lui être appliqué ! Et vous-même, monsieur, qui cultivez la lecture pendant plus de deux heures par jour, seriez, à coup sûr, le premier à vous révolter !...

— Mais, ami impressionnable, ne vous échauffez pas ! proteste-t-il. Mon amitié, qui vous est tout acquise, vous signale, comme elle doit le faire, le danger en vous engageant à ne pas attendre qu'il devienne menace !...

C'est déjà fait. Cet avertissement, c'est la menace elle-même. Faradol, non sans raison peut-être, soupçonne le chef du Contentieux de travailler, avec une sournoise ardeur, à obtenir le rattachement du bureau des oppositions à son service. Or, cette fièvre de la persécution l'illusionne au point d'envenimer, en lui, cette idée fixe, qu'en plaçant dans ce bureau un si proche parent, son ambitieux adversaire a posté, sur le territoire qu'il désire annexer, un surveillant et peut-être un complice ! Me jugeant capable de me prêter à ces basses manœuvres de politique administrative, ce fonctionnaire épouvanté n'a plus qu'un désir, se débarrasser de ma personne au plus tôt.

S'il y réussissait, l'événement serait, pour moi, grave. Il serait décisif. Au moment de quitter ma famille, je m'étais déclaré, — à défaut de toute ressource accessoire, — capable d'assurer l'entretien de ma vie par la seule rétribution de mon travail littéraire. Maintenant, devant les conditions d'existence qui sont infligées aux travailleurs de la plume, je mesure toute la témérité de mon affirmation. Je m'en effraie, mais, aussitôt, ma jeunesse est là qui réagit. D'abord, si j'étais frappé, je serais défendu et je saurais me défendre. Puis, même en admettant le pire, les cent francs mensuels que je reçois de mon ami pour soutenir des polémiques dont je recueille tous les désagréments et lui tout le profit ne seraient-ils pas immédiatement augmentés jusqu'à m'assurer l'équivalent des appointements dont je serais frustré ?

Néanmoins, il faut que, désormais, je sois prudent, que, soigneusement, j'évite de donner prise à cette hostilité qui, embusquée derrière une amitié char-

mante, me couche en joue. Voici finies les sorties !
Et je jure bien de ne plus accepter les offres si perfi-
dement tentatrices :

— Ami ! Un petit tour ? Il fait si beau ! Pas de
« Chat noir » ? Si le cœur vous en dit, allez ! Allez !
Moi je ferme les yeux !

— Bon apôtre ! *Retro Satanas !* Non, monsieur,
j'aime mieux la Compagnie, ô gué ! J'aime la
Compagnie !...

Mais, quant à restreindre ou à supprimer mes
bien aimés instants de rêve et d'intime travail, cela
jamais, monsieur, jamais ! D'ailleurs, à mesure que
je crée des personnages, il me semble que je me
recrute une invincible force morale. Je sens que
naissent et surgissent des amis qui se serrent autour
de moi, qui, eux aussi, sauront me défendre, et que
ce papier montant chaque jour, sous ma main fera
lui-même un dossier d'amour contre lequel celui de
la malveillance ne saura prévaloir !...

Il va y avoir, du reste, une accalmie. Comme
chaque année, la Compagnie nous accordant trente
ou trente et un jours de congé, dont quinze avec
traitement intégral et la seconde quinzaine à demi
seulement, je vais passer, dans ma famille, le beau
mois de septembre. Bien entendu, j'emmène, avec
moi, ma petite héroïne qui se prénomme Céleste.
Nous ne nous quittons plus. Invisible aux autres et
visible pour moi seul, elle sera toujours près de moi.
Ainsi mêlée à ce monde qui n'accueillerait pas,

avec sympathie, sa présence réelle, je lui dirai à voix basse :

— Tu vois comme tu leur es supérieure ? Il n'y en a pas, là, une seule que mon cœur ni mon esprit te préfèrent.

Elle me remerciera. Je sentirai voltiger la chaude haleine de sa parole qui ne fera qu'un chemin de mon oreille à mes lèvres. Dans le joyeux tumulte des parties de campagne, dans le brouhaha des diners et le tournoiement des soirées dansantes, quels enivrants *a-parte* de bonheur ! Et quelles indicibles vacances nous allons passer, ma petite Céleste et moi, car ce sera seulement, lorsque les premiers jours d'octobre nous auront ramenés à Paris que je gravirai, avec elle, son calvaire d'amour !...


## ALLER ET RETOUR


Comme chaque année, je trouve, en arrivant, la chaleureuse étreinte de mon père, le tendre et profond embrassement de ma mère et, quand l'un me dit :

— Tu as encore eu de l'excédent ?

Et l'autre :

— Je parie que tu as pris « les premières » ?

Peu m'importe. Je sais que ces paroles bougonnes expriment, de leur part, une joie si débordante qu'elle est inexprimable.

De la considération qui, avec le temps, a progressé, et, maintenant, se hausse jusqu'au prestige m'est accordée. Je sens que je suis « le jeune homme qui occupe, à Paris, une situation importante », — quelques-uns disent « conséquente », — et « appelé à un très bel avenir ». Obéissant à son orgueil paternel et aussi à la passion d'embellir qui sévit en tout méridional, mon père a dû, non par des paroles précises, car il répugne au mensonge, mais par des sous-entendus, par des haussements de sourcils et des hochements de tête qui en disent long, fortifier cette opinion à laquelle je dois les plus flatteurs égards, car on me parle, avec une sourde admiration, de mes hautes et délicates fonctions, de ma responsabilité, du rôle que je dois jouer dans les graves conflits de l'Administration avec la Ville, et j'ai même été pressenti, par de braves parents, qui me seraient reconnaissants de favoriser à leur fils l'entrée de « nos bureaux ». Ils vont encore plus loin. Ceux-là même, en effet, qui me faisaient grief de m'adonner à la littérature sont, maintenant, les premiers à réclamer :

— Nous espérons bien que vos occupations ne vous font pas oublier vos travaux littéraires ! Quel dommage ce serait ! Mais nous sommes rassurés ! Nous lisons vos polémiques dans le si intéressant journal de votre ami... C'est passionnant ! Quelle verve ! Vous devez vous attirer des ennemis, par exemple ! Après tout, qu'est-ce que ça peut vous faire ?...

Ma famille, elle-même, n'est plus hostile à mes goûts. Au contraire, elle les encourage. A la veillée, ma mère me demande volontiers :

— Tu devrais nous lire un peu de ton roman ?

Est-ce possible ? Par quel miracle de tendresse ont-ils sacrifié leurs répugnances et en sont-ils venus à m'exprimer ce désir, à me parler de mon roman, sans ajouter, sur la première voyelle, l'accent circonflexe de dégoût sous lequel ils écrasaient ce mot ? Et, tandis que mon père dispose en carré les cartes pour la bataille dont le gain vaudra peut-être à la « patience » le nom de réussite et que ma mère, le menton dans la paume de la main et le coude sur la table, déjà, m'écoute, moi, le cœur un peu battant, comme si je comparaissais devant les juges les plus redoutables, je lis les passages qui me semblent les plus susceptibles de les impressionner.

Ma mère a vu, tout de suite, en ma petite héroïne, l'élue non de l'imagination, mais du cœur de son fils. Elle a été, d'abord, jalouse. Maintenant elle l'aime. Elle lui sourit. Elle est émue et, en me le disant, ajoute :

— Tu verras, cela aura du succès !

Mon père est plus circonspect. C'est un homme à principes. Il croit en Dieu, en la souveraineté de l'Eglise et à l'avènement du roi. Il a borné le champ de ses lectures à saint Paul, en excluant les quatre évangélistes, à Joseph de Maistre sans tolérer Xavier, aux chroniques de Froissart et aux ouvrages du sociographe Le Play. Il ne voit pas, dans mon roman, une histoire d'amour, mais une passion qui punit la sottise d'une ambition sociale et une attaque puissamment menée contre l'école sans Dieu. Ce n'est certes ni ma pensée ni mon but, mais que m'importe ! Il s'intéresse à mon effort d'écrivain. Son affection m'a sacrifié une résistance qui chagrinait nos rapports et qui maintenant a ramené nos cœurs à la simple intimité du temps de mon enfance. Comme tout ici me la rappelle ! Ces fines raies que mon père traçait, d'un fier couteau, quand, me collant contre les portes, il toisait ainsi les progrès de ma taille. Ma chambre où je revois ma mère s'avançant vers mon lit précédée de la cuillère qui offrait à ma grimace le sirop protecteur. Surtout ce cabinet de travail où des liserons grimpent sur le papier et où, dans de petites cages de bois, tout Buffon enferme une ménagerie de sages animaux.

Par la fenêtre, la montagne me montre sa robe rapiécée d'où la tache blanche d'un travailleur sort, comme un pan de chemise. Et le jardin ! Je vais voir le ruisseau. Il est à sec. C'est vrai ! A cette époque-ci, l'eau est en vacances, dans la montagne. Elle ne reprendra son cours qu'en novembre, à la rentrée des classes. Le pawlonia fait pleuvoir sur moi l'hommage de ses feuilles. Mais, dans le temple de la Gloire, il n'y a pas de danger qu'une feuille de laurier me tombe sur le front. Je me revois, enfant, entre ces deux pruniers tandis qu'une escarpolette me balance. Plus loin, je respire une rose, tandis que les cloches du dimanche sonnent Vêpres. Je galope pour la joie de galoper. Le ciel est léger. Le vent caressant. L'air du soir fond, dans ma bouche, comme un fruit. Ces choses ! toutes ces simples choses ! je les ressuscite pour les faire connaître à ma petite amie de roman.

Ces vacances furent, pour moi, si charmées et réjouies de l'encouragement accordé par les miens à mon premier effort littéraire, que je n'ai jamais éprouvé une souffrance si vive et si anxieuse à m'arracher de leur intimité. D'où me vient cette angoisse ? J'en ai peur. Je les regarde. Jamais encore je ne m'étais dit que leur âge nous imposait l'incertitude inavouée de nous retrouver là, tous, après de si longs mois ! Mon émotion, dont peut-être ils devinent la cause, les émeut et, au serrement de nos bras s'ajoute, silencieux et douloureux, un serrement de cœur.

Mais, dès qu'à mon regard le coq de mon clocher a disparu, effacé, comme à la gomme grise, par la route, au sommet de la côte, je suis à Paris. Mon retour vers lui a le même élan que mon aller vers mon pays natal. N'est-il pas mon second lieu de naissance ? Chez moi, je suis né à la vie. Chez lui, je suis né à ma vie. Et c'est encore lui, peut-être, qui a le meilleur de moi-même ! Mais quel ardent réconfort j'emporte des vacances que je viens de passer ! J'ai gagné les miens à ma cause ! Je les ai convertis à une passionnée sollicitude pour la première élue moins de mon imagination que de mon cœur d'écrivain ! J'ai fini d'être le spectateur des cerveaux qui agissent, et je sens que mon retour est le vrai moment de mon entrée dans l'action. Que j'ai hâte d'arriver ! Enfin ! Je sors de ce tunnel dans lequel m'a poussé, malgré moi, le sommeil et voici le matin. Voici les dernières stations qui défilent. Voici les villas des banlieues reconnues, les voies qui s'élargissent, les trains qui se multiplient, les escouades d'ouvriers qui gagnent les chantiers, le grouillement du puissant réveil de la ville... Paris !...

## JE SUIS ATTENDU

Je ne dois rentrer à la Compagnie que demain, mais j'y passerai quelques instants sans doute, cet après-midi. En attendant, je me dirige vers la rue de Strasbourg et j'entre dans mon habituel restaurant, où je serais bien surpris de ne pas voir accourir Guérard, qui m'a écrit au commencement des vacances et à qui je n'ai répondu qu'à la fin, en lui donnant rendez-vous ici pour le déjeuner du retour. Le temps s'écoule. Il ne vient pas. Tant pis. J'ai faim. Je mange. Il me semble que je m'offre à moi-même un banquet de promotion. Et ne suis-je pas en voie d'être promu puisque, dans un mois et demi au plus tard, j'aurai terminé mon livre ! Mon livre ! Avec quel secret orgueil du travail accompli, je me dis à moi-même ces deux mots : « Mon livre ! »

J'ai une glace devant moi. Je me regarde, et je me souris un peu plus de me voir si souriant, si radieux... Ah ! voilà Guérard ! Comme il est grave ! Quel formidable végétal porte-t-il dans sa tête ?

— Dépêchez-vous donc, sapristi !...

— Merci, mon cher ami, me dit-il, en s'asseyant en face de moi. J'ai déjeuné. Je venais seulement vous annoncer... vous dire... une mauvaise nouvelle...

— Quoi donc ?...

— La Compagnie a supprimé votre emploi.

Je saute sur ma chaise comme si, m'ayant frappé d'un coup de poing, je me jetais sur lui, et, la voix étranglée :

— Ce n'est pas vrai peut-être ?...

— Malheureusement ! La notification vient d'arriver, il n'y a pas une heure, avec la feuille d'émargement qui vous accorde, à titre d'indemnité, un mois à traitement complet.

Je suis assommé, renversé au dossier de mon siège, hébété, incapable de protester, de discuter, ne sachant que demander :

— Mais pourquoi ?... Pourquoi ?...

— Parce que, explique Guérard, l'Administration, à cause des dépenses que lui impose son procès avec la Ville, s'est cru obligée, comme vous le savez, de réduire ses frais, et, naturellement, c'est le personnel qui trinque ! Car elle s'est fait adresser des rapports

par tous les chefs de service sur les emplois susceptibles d'être supprimés...

— Et ce gredin de Faradol ?... dis-je, me
redressant.

— Mais non ! Ne croyez pas ça ! m'interrompt-il.
C'est une mesure générale ! Un massacre ! Ce n'est
ni la faute des chefs, ni celle des employés, mais des
emplois qui, la plupart, étaient inutiles comme le
vôtre, et aussi le mien qui, sans les bons rapports de
mon père avec la direction, aurait eu le même sort.

— Personne ne m'a donc défendu ?

— Celui qui aurait pu vous défendre, vous le savez
mieux que moi, est absorbé par ses propres affaires
de plus en plus compliquées !...

— Oui, oui, je sais...

Il y a un moment de silence. Je suis atterré. C'est
tellement brutal ! C'est foudroyant ! Il me semble
que je vais tomber là tout de suite, le front dans
l'assiette... Je ne me rends pas compte. Je sens seulement que je ne verrai plus, à chaque fin de mois,
se poser, sur le coin de mon bureau, ce petit tas de
six à sept pièces d'or, et qu'en disparaissant, il
entraîne tout avec lui, ma raison d'être à Paris, la
confiance regagnée, mon espoir, mon enthousiasme,
tout et que j'en ai la gorge serrée, les paupières qui
battent et les oreilles qui bruissent...

Je vois Guérard qui s'agite, cherchant des gestes
à l'unisson de ses condoléances. Je l'entends qui
me dit :

— Que diable voulez-vous ? Il n'y a pas de quoi se désespérer ! Ce n'est pas un déshonneur ! Ce n'est qu'un embêtement !...

Mais, comme il ne cesse de dire : « Ne vous désolez pas », je sens qu'il y a du monde autour de moi, que je dois avoir une ridicule figure de détresse et d'humiliation. Je relève la tête et la parole, sans doute trop vibrante :

— Me désoler ? Mais pas le moins du monde ! Je ne suis pas désolé ! Je suis stupéfait et indigné de cet acte brutal qui frappe sans prévenir ! Je pense que, pour certains, c'est un lâche assassinat. Mais je ne pense qu'aux malheureux pris au dépourvu, sans la moindre ressource ! Quant à moi, qu'est-ce que ça peut me faire ? Je suis paré ! Archi-paré ! Mon journal n'aura pas de peine à me payer au taux de l'Administration ! Je vais avoir terminé mon roman ! Et n'aurai-je pas, au pis-aller, la ressource de rentrer chez moi, sur ma propriété que je travaillerais s'il le fallait ! Dont je doublerais le produit ! Et cet idiot, cette crapule de Faradol qui croit m'avoir écrasé, désespéré ! mais il me rend service ! Et il ne l'a pas vu, cet imbécile-là ! Il ne voit pas qu'en me faisant perdre un emploi misérable, il me met à même d'acquérir une situation qui soit digne de moi ! Il ne voit pas qu'en voulant m'accabler il me comble, et qu'il fait mon avenir, peut-être ma fortune !...

Je parle. Je parle. Plus je parle, plus je me persuade qu'il m'arrive, non un malheur, mais un événement heureux, inespéré. Et il suffit que Guérard acquiesce en disant tout simplement : « Parbleu ! » pour que je rebondisse.

— Et de quelle servitude ! De quel abominable esclavage il me délivre ! Cette feuille de présence ! Cet emprisonnement ! Cette domesticité qui vous fait le larbin d'un public insolent et la victime de chefs hypocrites, aigris et malveillants ! Quel débarras ! Et vous allez le leur dire, cher ami, car je ne veux pas m'offrir, en spectacle, à leur joie ! Je vais vous donner mon autorisation pour signer les pièces nécessaires, toucher mon traitement et mon indemnité, me rapporter ici cette énorme galette et, si vous voulez, mon cher, nous enterrerons ensemble ma vie d'employé ou comme on disait, par chic, d'attaché au Contentieux de la Compagnie du Gaz !...

Il s'épanouit à cette idée, et s'enthousiasmant :

— Vous avez de la chance ! s'écrie-t-il. Vous me faites regretter qu'ils ne m'aient pas frappé, parce que je vous fiche mon billet qu'une heure après j'entrais chez un pépiniériste à Nanterre et que je faisais une carrière comme jamais je n'en ferai sûrement à la boîte !...

Il est parti, emportant mon autorisation. Resté seul, à ma table, mon exaltation est tombée parce que je n'ai plus de public. Mais la fièvre me soutient et me commande d'agir.

Pour la première fois, je suis mis en demeure de faire face à ma vie, sans avoir à compter sur personne. Pas même sur le journal ! La confiance que j'ai proclamée en lui était un bluff. Mon ami, dégoûté de la politique, m'avait prévenu, ces vacances, que, dans deux mois, au plus tard, sa feuille aurait cessé de vivre. Alors ? Rentrerai-je dans une maison qui m'est ouverte comme un refuge, où je serais forcé de m'astreindre à un travail qui sera, pour moi, une déchéance comparé à celui qui était ma passion, où le sentiment d'être tenu pour un incapable et un paresseux finirait par me pousser à de folles révoltes ? Resterai-je à Paris, où la privation de ressources régulières me condamnera à des luttes atroces, à des épreuves peut-être au-dessus de mes forces, peut-être au désespoir ? Entre la sécurité dans la souffrance humiliée qui m'est proposée chez moi et l'incertitude angoissée dans l'effort qui m'est offerte ici, mon hésitation est brève. De toute ma volonté d'agir, comme ceux qui croient, combattent, triomphent ou succombent, je choisis l'aléa le plus épouvantable. Je reste à Paris.

## D'UNE VIEILLE PETITE BOITE EN CARTON
### MON PROPRIÉTAIRE
### ME SORT UNE LEÇON D'ÉNERGIE

J'éprouve la joie candide et enthousiaste d'avoir relevé un effroyable défi, et mon zèle exige que je me crée un « chez moi », indépendant et nouveau. Pour une installation, si modeste soit-elle, la mise de fonds est plus modeste encore. Néanmoins je cherche et, rue Saint-Lazare, avoisinant ce champ de bataille de la circulation qu'est la place du Hâvre, je trouve un logis qui, moyennant un prix amical, veut bien me recevoir.

La maison est étroite et haute, escaladée de majuscules dorées, les plus impressionnantes signalant, à l'entresol, un « salon » de coiffure dont les trois fenêtres laissent voir d'empressés jeunes gens, rasant des joues ou saboulant des crânes, tandis, qu'au cinquième, une sage-femme s'affirme de première classe et même diplômée. De l'entrée tapissée d'enseignes, un couloir s'engage, fait halte devant la loge de concierges, couple affable dont le mari, médaillé militaire, se nomme Narcisse, et, de là, ce corridor repart sous un tunnel qui débouche sur deux cours aux bâtiments dévolus à un établissement de bains, un professeur d'anglais, des couturières, des modistes et d'humbles avocats consultants.

Je demeure au quatrième, la porte à droite. Mon « appartement » se compose de trois pièces qui, si l'on en supprimait les séparations, formeraient, au total, une chambre de moyenne grandeur. Même si c'était possible, il ne faudrait pas trop garnir ces cases, car les cloisons sont de constitution délicate et, si l'on meublait trop, on risquerait de leur faire très mal. Mes trois fenêtres ouvrent sur la première cour. Mais, comme le toit d'en face s'arrête à mon étage, il m'accorde un rectangle de ciel, de vrai ciel. J'en suis sûr. J'y ai vu voler des pigeons.

Je ne crois pas qu'en la ville la plus surannée de toute la province on puisse trouver un type semblable à mon propriétaire comme aspect balzacien. Il est petit, grosset, propret, vêtu d'une redingote de grand homme, coiffé d'un haut de forme du temps des trois Glorieuses, le faux-col poussant deux solennelles pointes encadrant le menton, et, caché, sur la nuque, par un coussinet de cheveux blancs tels qu'on n'en avait pas vu depuis Bernardin de Saint-Pierre. Il a près de soixante-quinze ans. Mais son visage a gardé une extraordinaire expression de jeunesse. Tout y est clair, les yeux bien ouverts, les joues grasses, rasées, fleuries, le sourire malin et bienveillant. Tout y exprime le contentement d'avoir accompli, du mieux possible, son devoir, et le désir de faciliter la tâche à son prochain.

Dans l'étouffant petit caborneau qui lui sert de bureau, meublé d'une table, de deux chaises et d'un coffre-fort, je lui confesse le désarroi de mon état matériel et moral.

Aussitôt, il s'intéresse et s'échauffe. D'une voix forte, il prescrit :

— Le travail ! Le travail ! Et l'assurance que vous mettez au point une découverte énorme qui révolutionnera les Lettres et les Arts !...

Je proteste que cette assurance m'est interdite pour deux raisons. D'abord parce que les miens, sans me considérer comme un imbécile total, m'ont, néanmoins, inculqué des doutes irrémissibles sur la valeur de mes aptitudes, de ma volonté et de mes moyens d'action. Ensuite parce que, si jeune dans un art si ancien, et forcément influencé par des œuvres de souveraine emprise, je ne peux prétendre à dégager, d'emblée, ma personnalité et encore moins à dénicher une formule qui donne l'illusion de la découverte ou de la nouveauté.

Mais, secouant la tête et haussant les épaules, il s'insurge contre mes hésitations et mes subtilités qu'il appelle la manie de couper les cheveux en quatre, et il reprend de plus belle :

— Réagir ! Réagir ! contre les fausses et déplorables notions venues de vos parents, contre vous-même ! Il en est de votre profession comme de toutes les autres ! Dites-vous bien que l'ouvrage auquel vous travaillez est un chef-d'œuvre et que vous avez plus de talent que tous vos concurrents. Et, quand vous aurez acquis cette conviction, vous lutterez contre tous les obstacles avec une volonté et une force qui en viendront à bout ! Je vous le certifie. J'ai le droit de vous en donner l'assurance et je peux le prouver !...

S'étant prestement retourné sur sa chaise, il a ouvert son coffre-fort. Son geste n'a pas le temps de m'éblouir. D'une main pieuse, il extrait d'une cachette, comme d'un tabernacle, une vieille petite boite carrée dont l'humidité a moucheté le carton.

Il la dépose sur la table, en ôte dévotement le cou-
vercle et, me désignant, couchés sur du papier de soie,
cinq boutons de nacre affreusement communs, il me
demande :

— Savez-vous ce que c’est ?...

— Ça y est ! me dis-je. Voilà bien ma chance !
Je suis devant le maniaque !

Je réponds à sa question par un signe négatif.

— Ce sont, proclame-t-il, les cinq premiers boutons à bascule présentés au public. Et savez-vous qui
en est l’inventeur ?

Devant ce flot de jeunesse qui, au rappel de ce
souvenir, fait briller ses yeux et envahit ses roses
joues de vieux blond, je rétracte mon accusation de
monomanie et, intéressé, je demande :

— C’est vous ?

— Parfaitement, c’est moi. L’idée de ce système
me vint à dix-huit ans dans un de ces accès de fureur
qui me prenaient chaque fois que, voulant boutonner
le dur plastron de ma chemise, il me fallait élargir
la boutonnière à la pointe de mon couteau comme on
ouvre les huîtres...

Faut-il être stupide, me disais-je, pour obliger les
gens à insérer une surface ronde dans cette étroite
fente, quand il serait si facile d’y glisser une mince
tige, qu’après son entrée un coup de pouce suffirait
à fixer !

Ça y est ! Je sens que je viens de trouver une
chose épatante, énorme ! Je n’ai plus qu’une idée,

façonner un modèle. Mais comment ? Je n'ai pas le sou. J'ai été élevé par une vieille parente qui n'est guère plus riche ! Je suis un pauvre petit commis chez un pauvre petit chemisier de rien du tout. Tant pis ! Faut que ça sorte. Je bricole. Je turbine. Enfin j'ai mon affaire ! Ça va ! Ça joue. Avec un peu d'argent qu'on emprunte, je décroche mon brevet. Je vais de porte en porte, proposant mon invention. Personne ne comprend. C'est trop simple ! On me rit au nez. Je m'entête. Mes pauvres meubles vendus me donnent de quoi faire fabriquer quelques centaines de boutons à système. J'ai ma pacotille. Je fais le camelot. Installé dans les rues barrées, sur mon escabeau de pavés, guettant l'agent ou embusqué dans ma petite baraque des premiers jours de l'an, je pousse des boniments endiablés, et ça prend, ça mord, tout le monde en veut ! L'argent arrive, mais crac, j'ai l'idée de m'ouvrir à un camarade. C'est la fripouille. Je suis dévalisé, réduit à rien, et pendant trois ans, je me débats contre une misère épouvantable, haillonneux, crevant de faim, couchant dans les asiles ou en plein air, souffrant des horreurs, mais gardant ma confiance en moi et en mes cinq petits bibelots à bascule.

Et c'est ce qui me sauve. Reconnu, un jour, par mon vieux petit patron chemisier qui a fait une gentille fortune, ce brave homme s'attendrit, s'intéresse à moi, et me présente à un de ses amis grand usinier, intelligent et à l'affût de la nouveauté. Ma trouvaille l'emballe. Il me signe un contrat m'assurant la moitié des bénéfices. Il lance l'affaire. Réclame ! Tamtam ! Ça y est. C'est la fortune, la richesse ! J'épouse la femme que j'aime, que je rends heureuse, de tout mon amour, et, à sa mort, n'ayant plus le goût de m'enrichir, je me retire, propriétaire de trois maisons de rapport et d'un capital qui met mes vieux jours à l'abri !...

Il raconte avec une verve et un enthousiasme exultants tenant toujours, entre ses doigts, les boutons dont il fait basculer la tige et qui, à chaque claquement, semblent déclencher les scènes et les images de cette féerie que me déroule ce vieux héros de l'article de Paris, génialement inventif et têtu. Emerveillé, je le regardais retrouver ses vingt ans, tandis qu'il évoquait sa jeunesse. Et, maintenant, c'est, attendri, avec une filiale envie de l'embrasser, que je le vois reprendre sa vieillesse, tandis que ses doigts, un peu tremblants, recouchent, dans leur petit cercueil de carton, ces cinq minuscules talismans qui lui ont donné la foi, le courage, l'amour, la richesse et le juste orgueil d'avoir révolutionné une immense industrie...

Mais il coupe court à tout attendrissement, en concluant :

— Voilà ! Je vous ai conté ma petite histoire afin de vous prouver que, pour l'intelligence, le travail et la volonté, il n'y a pas d'obstacles. Ne voyez pas, pour cela, en moi, un protecteur. Propriétaire je suis, et propriétaire je reste. Comme tous mes locataires vous paierez votre terme à l'échéance. Si je vous disais : « Comptez sur moi », je vous ferais encore plus de tort qu'à moi-même, et c'est pourquoi je vous dis : « Ne comptez pas sur moi. Ne comptez sur personne. Ne comptez que sur vous !... »

Et il s'en va en chantant.

# VI

# TRAVAIL, ANGOISSE, DETRESSE, ET... L'ESPOIR LUIT

Les frais de mon installation, si peu confortable soit-elle, n'en ont pas moins absorbé la majeure partie du capital produit par mes deux indemnités, celle de la Compagnie et le dernier mois du journal.

Je vais donc éprouver si un homme de Lettres peut vivre par le seul travail de sa plume comme je l'ai, peut-être témérairement, affirmé. Avec une cuisante douleur, je m'arrache à mon roman, qui s'achemine vers le drame de ses dernières pages et, battant éperdument le rappel de mes souvenirs provinciaux, je me mets à écrire des récits villageois que je promène ensuite de journaux en revues. Or les randonnées à travers la brousse littéraire, entre l'avenue de Breteuil et Montparnasse, ne m'ont fait connaître que des poètes pourvus de talent, mais dénués d'influence. La majesté de Barbey d'Aurevilly l'attache à son tourne-bride, et, depuis l'échec des *Maucroix* à la Comédie-Française, Albert Delpit voyage.

Je ne dois donc compter que sur moi-même, comme
le veut le Napoléon du bouton à bascule. Seulement,
n'ayant pas son audace, et ne pouvant parvenir à me
persuader que l'agrément de ma voix puisse suppléer
à la disgrâce de mon incognito, j'use de prudence
en affrontant ces géants que sont, pour moi, les
journaux.

Je les attaque au défaut de leurs cuirasses... la
boîte aux lettres dans la fente de laquelle je lance,
d'une main sûre, le manuscrit.

J'ai ainsi frappé quatre grands quotidiens et deux
magazines. Avec quelle anxieuse impatience j'attends
les résultats ! Avec quelle cruauté ils me font
attendre ! Chaque matin, je me rue sur les gazettes
et chaque matin m'apporte la même déception. Les
jours passent. Je me désole. Je me désespère quand,
dépliant le supplément littéraire du *Figaro*, j'ai, tout
à coup, un sursaut et un cri de joie. Le titre de ma
nouvelle : « Le dernier exploit d'un huissier », est
en seconde ligne du sommaire ayant, pour vis-à-vis,
mon prénom et mon nom ! J'éprouve une jubilation
immense, telle que jamais plus je n'en connaîtrai de
semblable comme candeur et comme intensité. Je lis,
je relis. Je trouve cela pas mal du tout et je ferai
monter la vente d'une demi-douzaine d'exemplaires...
que je vais acheter et dont un partira, ce soir même,
à l'adresse de ma famille, en bulletin de victoire, se
passant de commentaire, n'exigeant qu'un trait au
crayon bleu. La première fois que je vois ma prose

et ma signature dans un grand journal ! La première
fois que mon travail littéraire m'est rétribué ! Je
touche soixante-quatre francs trente centimes. J'écris
aussitôt pour proposer une série. Auguste Marcade
me répond, sans bienveillance, qu'il ne m'est pas
interdit de présenter, de loin en loin, une nouvelle,
mais que le supplément ne peut s'engager à la publier.
Les soixante-quatre francs m'ont ravi. La lettre me
froisse. J'en veux à ce Marcade et je lui en ai voulu
longtemps jusqu'à ce que le hasard m'apprenant que,
de son vrai nom, il s'appelle : « Mascarade », je me
suis senti absolument vengé.

La chance paraît vouloir me sourire. Une lettre
m'annonce que ma nouvelle va paraître au *Paris
illustré* et me convoque au bureau de M. L... qui en
est le rédacteur en chef. C'est un ardent et souriant
jeune homme qui, tout de suite, me demande :

— Auriez-vous à me donner un récit de campagne,
une idylle, quelque chose d'aimable et de touchant ?

Comme je réponds par mon « Oui » le plus
empressé, il étale, devant lui, une large feuille et,
saisissant un compas, explique :

— Voilà ! Je désire utiliser un encadrement de
marguerites et de roses qui me reste pour compte.
Les branches et les fleurs aussi s'étendent sur le
texte. Il faudrait donc que la nouvelle commençât
ici, très étroite sur environ dix lignes de douze lettres
chacune, s'élargissant pour la partie descriptive,
s'étranglant, de nouveau, dans cette petite rigole,

puis enroulant autour des rameaux une petite scène d'amour, décrivant quelques sinuosités, des ondulations, pour prendre le large avec le drame et venir mourir là, au pied de ce rosier. Si vous réussissez ce morceau, je vous confierai un *Orage aux champs,* qui sera un vrai jeu de cache-cache !

Je suis un peu surpris de cette littérature en zigzag. Bien entendu, j'accepte. Mais il me parait extrêmement difficile d'être touchant et dramatique en exécutant de pareils entrechats !

Cette idylle qui doit émouvoir en valsant de la sorte, et cet *Orage aux champs,* qui pousse des en-avant-deux et des cavaliers seul à ridiculiser le plus grandiose paysage, m'ont « rapporté » près de cinq cents francs. Je profite du bref répit ainsi obtenu pour terminer mon roman et, avec de vraies larmes, tombant d'une vraie douleur, je dis adieu à ma petite amie morte que j'ensevelis, désespérément.

Je n'ai plus, à présent, qu'à attendre l'apparition successive des quatre nouvelles restées en souffrance dans les publications où je les déposai. Mais rien ne parait et rien plus ne paraîtra, sans doute, après un laps de temps aussi prolongé. L'inquiétude revient et l'angoisse la talonne. Que faire ? Comme pour les contes proposés aux journaux, présenter mon roman à un éditeur. Je ne suis connu d'aucun d'eux, et si mon manuscrit disparaît là, dans la fosse commune où tant d'autres dorment, depuis longtemps, n'ayant pas une copie de mon ouvrage, ce serait tout ce labeur si passionné, si ardemment confiant en sa vie condamné au néant ? Même, en admettant qu'un éditeur consente à me lire, quand s'y décidera-t-il ? Combien de temps durera cette épreuve ? Des mois et encore des mois ! Or le temps presse. Les jours deviennent longs, atrocement désœuvrés, implacablement durs.

J'écris à un ami de ma famille, à un armateur de Bordeaux à qui je fais connaître la pressante nécessité où je suis... quand un visiteur m'interrompt.

Henri Lavedan, que je n'ai vu depuis quelque temps déjà, me demande si j'ai terminé mon roman et, après ma réponse affirmative, m'engage à l'accompagner, voulant me présenter aux directeurs de la Librairie de la Presse, une maison d'édition qui vient d'être fondée, pas bien loin d'ici, rue Taitbout. Ce sont deux jeunes gens désireux d'attirer chez eux des talents nouveaux, et Lavedan, à qui son très remarqué début avec son livre : *Mam'zelle Vertu*, vaut qu'on l'écoute, leur a parlé de mon roman avec la chaleur qu'il fallait pour les engager à vouloir le connaître.

Je suis à ce point étonné de cette chance tombant ainsi à l'improviste sur mon noir désarroi et tellement ému de ce témoignage si affectueusement spontané que je bredouille des remerciements confus quand je les voudrais si chaleureux et vibrants. Au moment de prendre mon manuscrit dans le tiroir où il repose, je me sens troublé profondément, et il me semble que je regrette ce que j'ai voulu avec tant de ferveur. Mes doigts sont maladroits à le manier. Lavedan qui m'observe remarque :

— La séparation est cruelle ?

Ces simples mots font que je réagis aussitôt. Je m'excuse alléguant :

— C'est que je n'en ai pas de copie !

D'un geste pressé d'en finir, j'enveloppe ce tas de pages dans un journal et, dehors, marchant à côté de mon ami, protégeant contre le coudoiement des passants l'objet serré sous mon bras, il me semble que chante en moi le vers de Verlaine :

*L'espoir luit comme un brin de paille dans l'étable.*


## CHEZ L'ÉDITEUR

C'est vers l'endroit où la rue Taitbout commande halte au boulevard Haussmann. A l'entresol, un coup de timbre. Je suis chez l'éditeur. Un petit salon vert, meublé de chaises et d'une table ronde jonchée de journaux, d'illustrés et de livres précède le cabinet dans lequel, m'a-t-on dit, les deux directeurs reçoivent en travaillant. Nous entrons.

Je suis fort ému. Les bureaux formant angle droit avec chaque fenêtre se font vis-à-vis. Un seul est occupé. Nous allons vers lui, et, à notre approche, un jeune homme qui écrit se lève à demi, serre la main de mon introducteur, puis, présentation faite, la mienne, veut que nous nous asseyions, nous offre des cigarettes que mon ami refuse par répugnance et, moi, par émotion.

Il a la physionomie agréable, un type dans le genre d'Henri III à cause d'un triangle de barbe dont sa main, tour à tour, effile la pointe et caresse la base, et une longue moustache au double retroussis. Affable, il me dit :

— Votre ami nous a parlé d'un roman de vous dans les termes les plus enthousiastes. Si vous nous l'apportez là, il est, déjà, le bienvenu...

Je murmure des remerciements pour la bienveillance de mon ami qui me vaut un accueil dont la sympathie me flatte...

Et, terminant brusquement cette phrase qui s'égare :

— D'ailleurs, voici la chose.

Je me suis arraché, de sous le bras, mon manuscrit comme un blessé s'arrache, de la peau, un appareil qui le fait horriblement souffrir et je le dépose dans la main tendue pour le recevoir. C'est, en effet, un arrachement. J'en ai un cri intérieur. Je ne suis plus l'amant de la passionnée de qui j'ai aimé l'amour et de qui j'ai souffert la douleur. Je me sens un père remettant son enfant au mari qui va méconnaître son âme dans la hâte de saccager son corps. Et le voilà qui, devant moi, la déshabille, la palpe, lui soulève la jupe en me disant des choses d'une vulgarité blessante :

— Croyez-vous que ça fasse trois cents pages ?
Le titre est bon. Il annonce une jeune fille... roman
réaliste... naturaliste... le public ne s'embêtera pas...
mœurs de province... Parfait... La province est à la
mode...

— Monsieur, lui dis-je en l'interrompant, je vous
serais très obligé de recommander qu'on prenne soin
de mon manuscrit. J'y tiens énormément.

— Soyez sans crainte.

— Et quand pourrai-je savoir ?...

Il ne me laisse pas finir :

— Si nous le publions ? Il faut bien nous donner
une semaine...

Une semaine ! Il ne demande qu'une semaine
quand je craignais des mois ! Cet homme me semble
la foudre elle-même ! Mais, prudent, je me contrains
à répondre :

— Certes !...

— Alors, c'est entendu, à huitaine...

Je n'avais vu la littérature que dans les tavernes
enfumées et dans de surchauffés salons d'artistes.
Et je viens de voir, pour la première fois, la littérature en boutique ! Je viens de voir le bureau, les
casiers, l'homme qui prend, des mains, le manuscrit,
le soupèse, l'évalue au point de vue papier, y jette le
coup d'œil, auquel trois phrases suffisent pour savoir
si l'on peut en tirer quelque chose, si c'est « de
vente », et j'ai vu la concurrence se ruer sur le
nouveau venu, le pousser... pour le faire tomber ou

dresser, devant lui, l'obstacle insurmontable qui barre le chemin, le silence.

Mais, contre ce mascaret de pessimisme, ma jeunesse réagit, s'indigne d'avance et, avec enthousiasme, elle accepte le défi. Je n'ai pas écrit ces choses uniquement dans le but de m'en délecter tout seul, au coin du feu. Je les ai écrites afin que le plus grand nombre possible de lecteurs se passionne pour les conflits d'idées et les mouvements d'âmes livrés à leur méditation. Je les veux aimées ou détestées, mais pas ignorées ! Et, maintenant, l'impatience me presse de voir mon amas de pages d'écriture se transformer en pages de livres, prendre une forme, une figure, un caractère, naître !...

## ENFIN MALHERBE VINT !...

Au problème si angoissant de la vie quotidienne, quelles tortures ajoutent les alternatives de confiance, de doute et de découragement qui me font, de cette interminable semaine, un incessant cauchemar ! J'ai décidé de ne pas retourner rue Taitbout avant dix jours.

Mais, le dixième, je réfléchis, tout à coup, je me persuade et j'arrive à me convaincre que je dois attendre une lettre qui me convoquera. Je l'attends durant cinq jours. Elle ne vient pas. Alors je ne doute plus. Mon manuscrit est refusé. On ne se donne même pas la peine de m'en aviser, sachant bien que, certainement, je passerai, sans tarder, le reprendre. J'éprouve une invincible répugnance à revoir le jeune homme Henri III pour affronter le geste qui, dédaigneusement, me rendra la chose par-dessus son épaule. Je m'irrite à la pensée de cette muflerie, et c'est ce vent de révolte qui me pousse enfin vers la Librairie de la Presse, furieux et insolent.

J'ouvre. Mais, dès mes premiers pas, je suis désappointé. Le jeune homme Henri III n'est pas là. Cependant une calme voix m'interpelle :

— Monsieur, vous désirez ?

Me retournant vers cette parole, j'ai, en face de moi, tranché au ventre par la ligne de la table, un buste de forte carrure que surmonte une figure imprévue, un large front, des yeux assoupis, un nez aigu, des lèvres rases et fleuries dans une barbe frisottante, un aristocratique et massif visage de grand fermier anglais.

— Monsieur, je viens au sujet d'un manuscrit...

— A qui ai-je l'honneur ?...

Je me nomme. La physionomie de mon interlocuteur s'éclaire aussitôt :

— Ah ! parfait ! Nous étions embarrassés. Votre manuscrit ne portant ni nom ni adresse, nous ne savions où vous écrire...

— Pour me le retourner ?...

— Pour vous envoyer vos épreuves.

Une stupeur précède ma joie et, comme j'ai l'air
de celui qui ne comprend pas ou qui n'ose comprendre, il explique :

— C'est mon collègue qui a pris connaissance du
manuscrit et qui m'a dit : « C'est très bien. »
Comme j'étais absorbé par la préparation d'un
livre, je n'ai pu que parcourir, mais cela m'a suffi
pour être de son avis et, instantanément, nous avons
envoyé à la composition. Voici les premières
épreuves. Quand vous nous les rapporterez corrigées,
vous aurez la suite...

— Monsieur !... Monsieur ?...

— Gustave de Malherbe.

— Eh bien, monsieur de Malherbe, je ne vous
cacherai pas une seconde de plus, dis-je, que je suis
enchanté !...

— Nous aussi, m'accorde, souriant, mon interlocuteur.

Mais, dans un irrésistible élan :

— Pas tant que moi ! Outre ma légitime impatience d'auteur, j'ai, pour toutes sortes de raisons,
même des raisons de famille, un intérêt des plus
pressants à ce que ce livre paraisse. N'entendant plus
parler de mon manuscrit, je me désolais, je me
désespérais même quand enfin... enfin Malherbe
vint... oh ! pardon !...

Son geste m'absout.

— Ce n'est pas la première fois ?...

— Qu'on me le dit ? reprend-il. Je ne voudrais

pas vous décourager, mais c'est entre cent cinquante et deux cents par an.

Il a un son d'esprit qui me plaît et avec lequel je me sens désireux de m'accorder. Il a la distinction grasse des hommes bien nourris du XVIII siècle, une élégance exacte et un soin de dignité qui gouverne ses attitudes sans, pour cela, qu'elles en soient guindées. Je ne sais pas pourquoi, il exerce, tout de suite, sur ma confiance, un pouvoir attractif. Je lui raconte des traits de ma vie en province, puis mes vagabondages parisiens à travers tous les mauvais lieux de plaisir et les bons lieux de peine où des musiciens dépenaillés chantent la douceur de vivre et des poètes affamés célèbrent les festins de l'amour.

Ses paupières tombent sur son regard. Mais je sens bien que, sous ce lourd manteau, ses yeux ne dorment pas. Il m'écoute, hoche la tête, sourit, a, parfois, un geste vif comme s'il reconnaissait, au passage, quelqu'un.

Puis, à son tour, il parle, d'abord, par bribes, nonchalamment. Il m'apprend qu'il est béarnais, mais parisien presque depuis l'enfance, qu'il a fait des études de médecine, séjourné en Angleterre, retourné vite à Paris, fréquenté le quartier, et tous les mauvais lieux de plaisir que je viens d'évoquer. Il s'échauffe, silhouette, d'un mot qui les définit, d'un accent qui les « rastaquouérise », d'un geste qui les saisit dans leur vol d'aigrefins, ces types que nous avons connus, picorant autour des tapis verts. Quel milieu à faire vivre et grouiller dans les trois cents pages d'un livre ! Il semble qu'il n'y ait qu'une passion, l'amour. Et le jeu donc ! Le jeu qui fait de toutes autres passions des esclaves, quand il empoigne un homme ! Après quoi, il cite des noms, avouables, ceux-là, des camarades, des amis qui nous sont communs avec qui, dans les pensions du Quartier Latin, il a fraternisé. Ils nous servent d'agents de liaison. Ils ont l'air de nous dire :

— Comment, vous ne nous connaissiez pas ?

Et ils nous veulent, d'emblée, sur le même pied de camaraderie, comme si nous allions, par un joyeux déjeuner, fêter cette rencontre... Mais nous revoici dans la Littérature.

Il me dit ses idées, ses projets. Le moment est aux initiatives intéressantes et hardies. Zola nous a rendu un service énorme, car c'est grâce à lui que le public fait ce qui, d'habitude, lui répugne le plus. Il lit. Mais le naturalisme, étant un coup de force, a, presque tout de suite, en quelques œuvres, donné son maximum. Quels écrivains a-t-il engendrés ? Deux talents, d'inspiration différente, de puissance égale, Maupassant et Huysmans. Mais ces deux-là sont déjà mal à l'aise et à l'étroit dans le document humain. Il leur faut davantage. Et ce surplus c'est la troisième génération, la vôtre, qui va nous l'apporter. Elle épurera le naturalisme. Elle substituera, au procédé, des formules plus simples et plus vraies, à l'étude exclusive des pourritures sociales, une observation plus large et plus impartiale qui ne bannira ni la beauté ni l'élégance, et je crois qu'elle voudra donner un souffle animateur à l'impersonnalité vraiment trop rigoureuse du reportage actuel. Vous êtes déjà quelques-uns de qui tels sont les désirs. Vous verrez ici des confrères qui vous intéresseront. L'essentiel serait de former un groupe de choix. Mais, pour cela, il faudrait disposer d'un champ d'action plus vaste. Je l'ai cherché ardemment, et j'espère pouvoir vous annoncer, avant peu, qu'il est à ma disposition, par conséquent à la vôtre... En attendant, corrigez bien vos épreuves et ne tardez pas à nous les rapporter.

— Après-demain ?

— Parfait.

Et je m'en vais, chantant, dans mon cœur, des hymnes de victoire qui me semblent mener un tel vacarme que je crains, par moments, d'être entendu et d'attrouper les passants.


## UN DRUIDE


Au moment même où, le surlendemain, à la Librairie de la Presse, j'entre dans le petit salon, la porte du bureau s'ouvre et j'ai, en face de moi, accompagné par Malherbe, un chemineau, un vieux pâtre ou un moujik de Tolstoï. Ratatiné, fluet, nerveux, secouant une chevelure barbare dont les

longues mèches en vrille roulent et dansent d'une
épaule à l'autre, le teint ferrugineux des caussenards
de chez nous, une bouche petite et méfiante au gîte
dans un buisson de barbe, le regard ingénu et
souffrant avec le coup d'œil de défi que le paysan
jette au soleil avant de cracher dans ses mains et
d'empoigner la pioche, et une voix énorme, sauvage,
une voix de Démosthène de grands chemins dont
l'accent broie tous les cailloux qu'il a mis dans sa
bouche. C'est lui ! Je ne le connais pas. Pourtant je
l'ai reconnu, et quand, Malherbe m'ayant présenté,
je tends la main vers celle qui s'offre, je salue :

— Nostré Léoun Cladel !

Il riposte :

— D'oun sès ?

— Del Lot.

— Milo Dious !...

Inquiet peut-être de la tournure que prend cette
rencontre, Malherbe aime mieux nous laisser. J'ai
pour Léon Cladel une admiration qui le hausse
jusqu'à d'Aurevilly. Même trempe d'âme et de
pensée sous des aspects pourtant si différents qu'ils
en crient, chez le dandy du bel habit comme chez le
dandy du dépenaillement.

Cladel s'assoit au tournant de la table. Il s'est assis
lourdement comme si, en même temps, une besace
tombait à ses pieds et s'il attendait, vieux trimardeur
venu demander du travail, qu'on lui serve un quignon
de pain bis et un bon verre de vin. Il me parle de

là-bas, frappant la table de son poing dans lequel je crois voir le manche en corne du couteau. Il évoque sa terre de Moissac, que je ne connais pas, et qu'il faut que je connaisse, mille dieux, ou alors, je suis un Quercynois à la manque, sa maison natale, ses vieux parents. Ils n'ont qu'un spectre dont ils ont peur, nos paysans, me dit-il, le spectre de la misère ! Il me raconte que sa mère était hantée par la terreur que le pain manquât dans la maison. Et elle entassait le blé dans le grenier qui devenait un tel grenier d'abondance que le plancher menaçait de crever. Et lorsque la pauvre femme mourut, voici que, par la porte ouverte de ce galetas, gonflé de grain, comme si l'âme nourricière de la maison s'en allait, toute une famille de colombes blanches s'envola... Maintenant Cladel, qui m'a semé sur la route, monte là-haut sur le Causse. Et, à mesure qu'il monte, il me semble qu'il monte à l'autel, qu'il est le dernier druide officiant dans les bouquets de chênes, dirigeant la serpe d'or qui tranche le gui sacré, puis, dans le vent des tertres, tonnant contre les sociétés qui se forment en bas, il préside, parmi les rouges pierres levées, aux sanglants sacrifices.

Mais le voilà qui redescend vers la ville et me dit pourquoi il est venu. Il a rassemblé sous le titre de *Dux* les notes les plus curieuses sur Charles Baudelaire, qu'il a intimement connu.

Il conte avec ardeur. Je l'écoute. Un soir d'hiver, il se trouvait avec le poète dans cette chambre de l'hôtel de Dieppe qu'il habita quelque temps. Baudelaire lui faisait admirer un souverain bouddha par quoi il avait remplacé la détestable garniture. Cladel, ayant voulu prendre, dans ses mains, le bloc pour le soupeser, eut un mouvement si maladroit qu'il le laissa tomber sur le parquet où ce bronze menteur se brisa en maints éclats de plâtre. La bougie dégringolant, elle aussi, et s'éteignant, avait plongé la chambre dans « l'horreur d'une profonde nuit », et Cladel, impressionné par ce fracas aggravé de ces soudaines ténèbres, restait figé, ne sachant que dire, quand il entendit Baudelaire lui chuchoter à l'oreille :

— Pourtant, si c'était le vrai Dieu !...

Il me voit attentif. Alors il me vante ses notes. Me croyant, sans doute, une influence dans la maison, il me fait l'article. Il se transforme encore à mes yeux. Il devient le paysan quercynois qui va vendre ses moutons à la foire, puisqu'on lui fait l'injure de ne pas venir les acheter chez lui. Puis, avec la fureur hospitalière des gens de chez nous, il me fait jurer de l'aller visiter à Sèvres, où nous irons nous ballader dans les bois, voir ce qu'ils osent appeler des chênes !...

Et quand il est sorti, je cours à la fenêtre pour voir passer, à travers la ville, l'anachronisme magnifique et dérisoire du dernier druide s'en allant à la gare Saint-Lazare pour reprendre son train.

Mais, de nouveau, la porte s'ouvre et, sur un signe m'invitant, j'entre dans le bureau.


## LA « ROSSERIE » EST A LA MODE


Il y a là un jeune homme mince, raide et debout. Quel âge a-t-il ? Souriant, quarante ans. Sérieux, cinquante-cinq. En réalité, guère plus de trente ans. Il est impressionnant. Très élégamment vêtu, il a la plus belle tête de mort qu'on puisse imaginer. C'est un échappé de la danse d'Holbein. Anatomique, automatique et paré, il a des cheveux en crins divisés par une raie implacable et aplatis à grands coups de bâton de cosmétique, un front pas plus large que deux travers de doigt, des yeux caves où les prunelles stagnent comme deux verdâtres et minuscules marennes, des pommettes saillantes, le nez de la camarde, une fine moustache, une bouche avare, en fente de tirelire et un menton énorme, braqué, froid et coupant comme un soc de charrue.
On nous présente et j'entends :
— M. Paul Hervieu.
Je le connais un peu. Je sais que, par sa famille, il appartient au grand commerce parisien, soieries et velours, que, désireux de s'élever socialement, il a un moment songé aux ambassades, mais que, méfiant de sa santé, il a préféré la carrière des lettres où il est entré, dit-on, avec le regret que ses aînés y soient

encore et l'espoir que ses contemporains n'y seront
bientôt plus. C'est un caractère, une intelligence et
une volonté.

Sans talent, il aura tout celui que l'on peut acquérir.
Sans esprit, il aura tout celui qu'il jugera nécessaire. Il n'a qu'un don, l'autorité. Son visage l'affiche
et sa parole l'impose. C'est, dans ses mortes prunelles,
une lueur qui annonce :

— Attention, je pense.

Et, dans la voix, ce calme impératif :

— Silence, je vais parler.

Cela suffit. Avec ce seul don, il ne sera jamais
grand, mais il sera premier.

— Est-ce vous, demande-t-il à Malherbe, qui êtes
venu hier soir, chez moi ?

Et sur la réponse négative :

— Ah ! je me disais aussi, de Malherbe est trop
discret !...

Hervieu n'aime pas que l'on vienne chez lui, le
mondain qu'il est, se sentant gêné d'un intérieur,
à son gré, trop petit bourgeois, souffrant d'un buffet
Henri II, d'une garniture de cheminée désolément
naïve, d'un poêle de faïence blanche et d'une
suspension.

Mais Malherbe, qui n'a pas grand goût pour les
leçons même indirectes, lui raconte :

— Figurez-vous qu'hier je faisais l'éloge de votre
livre *l'Alpe homicide*, quand un propriétaire normand
qui se trouvait dans le groupe s'est écrié :

— La pomme et le cidre ? Je vous achète ça !

Hervieu n'aime pas de tels badinages. Ses narines se retroussent. Ses lèvres aussi. La tête de mort montre un peu ses dents. Il va se rattraper sur mes épreuves, dont il voit le titre, et distille :

— *Mœurs de province ?* Ne croyez-vous pas que *Mœurs de province* ne soit un peu démodé ?...

Je n'ai pas le temps de le rassurer sur mon impavidité. Comme sous une poussée d'ouragan, la porte s'ouvre et, tel un sanglier, un homme se rue et charge le bureau avec une si déchaînée fureur qu'il a l'air de forcer un ennemi en hurlant :

— Où est-il ? Où est-il ?

Sur chacun de nous, il fond et donne des poignées de main comme des coups de poing, vociférant les noms de Mendès, Lorrain, Bonnetain ! entrelacés à : Gredins ! Bandits ! Crapules !

Il les accuse de crimes monstrueux, invraisemblables, accomplis avec une audace renversante dans des lieux si publics qu'on eût écharpé mille fois des assassins pourvus d'un tel toupet, — et devant les sourires qui accueillent ces révélations, Octave Mirbeau nous dit :

— Quoi donc ? Vous ne le saviez pas ?...

Il a la souplesse d'un fauve bondissant. Roux de cheveux et de moustache, le front biffé d'une estafilade, les yeux verts et le teint pâle, il a toujours l'air guetteur et ramassé pour le saut décisif. Et ce qu'il a déjà sauté sur des gens et des choses ! En politique, où il échappa au danger d'être élu député, en administration au ridicule d'y être sous-préfet, à la Bourse où lui fut épargné la honte du succès ! Et il saute enfin sur la littérature par quoi il eût dû commencer. Car si Hervieu n'a que la puissance du travail, lui a la puissance d'un prodigieux talent. Forcené caricaturiste, déformateur incomparable, paroxyste pourfendeur de renommées qu'il déclare surfaites et outrancier panégyriste de génies qu'il juge méconnus, ses phrases qui hurlent, ricanent, flagellent et pavoisent, empoigneront les foules, et quels livres de colère et de rire il jettera à la face de son époque, dont il a l'horreur et la passion !

Cependant Malherbe qui, durant toutes ces manifestations, a travaillé sans paraître rien entendre, pose tranquillement sa plume, sourit et me dit :

— Il faut maintenant que je vous apprenne ce qu'avant-hier je vous ai fait pressentir. La Librairie de la Presse se transporte rue Saint-Benoît, chez Quantin, une très importante maison d'Edition comme vous savez, et où je prends la direction de la Librairie moderne. Si vous voulez accepter le traité que la maison vous propose, votre livre sera sa première publication et elle s'engage, de plus, à éditer tous vos ouvrages à des conditions que je crois excellentes : quarante centimes pour les cinq premier mille, cinquante jusqu'au quinzième, soixante jusqu'au trentième, soixante-quinze jus-

qu'au cinquantième et un franc au-dessus... Vous
acceptez ?...

— Si j'accepte ? ! ! !


## LA LIBRAIRIE MODERNE

Une demi-douzaine de librairies de la Presse
seraient à l'aise et même pourraient danser dans la
maison Quantin.

Tout proche de Saint-Germain-des-Prés, sa façade
occupe presque tout un côté de la rue Saint-Benoît.
Par un large escalier de bois dont la cage est
mosaïquée de cadres alignant les carrés coloriés de
tout un jardin botanique, des gravures et des
photographies d'artistes de la reliure comme Traust-
Bozonnet en tablier de travail et à l'œuvre, on monte
jusqu'au premier étage.

Sur le palier, deux vastes hall se font vis-à-vis.
A droite, la librairie pousse dans une ombre jaunie
par les lueurs du gaz, son studieux boulevard entre
deux rangées de hauts immeubles aux étages bondés
de livres et au sommet desquels grimpent, au moyen
d'échelles, des commis, tandis que d'autres, en bas,
sur le trottoir où s'allongent des tables, emmaillotent
des volumes avec de craquants papiers d'emballage,
crucifiés d'une ficelle qu'ils nouent et, au ras du
nœud, tranchent d'un coup de lame sec.

En face est le hall des bureaux. Celui-ci est clair
et affairé. Sur les deux côtés d'une spacieuse allée,

s'alignent des box dont les portes, pour la plupart ouvertes, découvrent des bustes penchés au-dessus de buvards ou des groupes pérorant. Ce sont les services des livres de luxe, de la publicité, de la correction, des divers magazines, du « Monde moderne » dirigé par Octave Uzanne en érudit bibliophile et en perspicace écrivain, et, de toutes ces portes, se déversent toutes ces activités sur cette allée centrale qui semble rouler sur un roulement de tonnerre à cause des machines du sous-sol ébranlant le hall et y secouant les fortes odeurs d'encres d'imprimerie, de graisse et d'humide papier.

Il y faut parler haut pour se faire entendre. C'est ce que fait, au-dessus de tous, le directeur de la maison Quantin. Sa voix le précède,comme la fanfare marche devant le régiment. Il a trente-cinq ans et porte, renversé en arrière, un visage barbu que caractérise un grand nez judaïque incliné sur une lèvre en bénitier chrétien. Impétueux, marchant le jarret tendu, le pas relevé et la croupe dandinante, il a l'air de traiter les affaires en faisant de la haute école sur la piste de l'établissement. Il vient du négoce des boutons à celui du livre. Habitué aux réalités concrètes de l'os et de la nacre, ses yeux ne sont pas encore faits aux brouillards ni aux soleils des imaginations. Mais ils s'y feront, car cet homme a le bon vouloir ardent et fait preuve de sagacité commerciale en n'étant pas sottement dur à l'égard du talent qu'il faut encourager.

C'est près de son cabinet qu'est située la Librairie moderne. Le bureau de Malherbe est aussi nu que possible, et il ne pourrait s'enorgueillir que d'un solide mobilier en chêne massif et blond, composé de deux tables et d'un quatuor de chaises. Mais la clarté y est magnifique grâce à la générosité d'une baie qui reçoit la moitié d'un jour dont l'autre moitié s'applique au vitrage d'un atelier pour statues religieuses, où, dès ma première visite, j'entends un sculpteur, en longue blouse blanche, aux prises avec un Saint-Joseph « grandeur nature », stimuler des ouvriers, à l'intérieur, en leur criant :

— N... de D... de N... de D... ! vous verrez que rien ne sera prêt quand l'archevêque viendra !...

A la bonne heure ! Voilà qui tempérera la sévérité du local. A peine s'y est-elle installée depuis une semaine que la Librairie moderne est connue dans tous les milieux littéraires, et de nombreux pèlerins, manuscrits sous le bras, y viennent faire d'empressées dévotions. Il y a ceux à qui son directeur s'est adressé et ceux qui s'adressent à lui.

Parmi les premiers, Lavedan doit apporter *Lydie,* le roman qu'il termine. Georges Rodenbach propose *l'Art en exil.* C'est un tout jeune poète, aux joues roses et aux cheveux· dorés, un enfant de chœur brabançon qui serait sans voix, s'il ne recevait, tous les jours, de ses parents nourriciers, Verlaine et Laforgue, la sainte communion. Le maître psychologue Edouard Rod, cœur en peine et corps dolent, s'assoit, reste deux heures, ne prononce pas un mot et dit, quand il s'en va :

— Après-demain, je reviendrai encore babiller un instant.

Mais, flanqué de Caran d'Ache qui au : « Comment allez-vous ? » ne manque jamais d'ajouter : « Et les organes ? » voici, l'œil émerillonné, les joues rubicondes, le nez vermeil et la barbe d'un fauve ardent, Grosclaude, sportif, souple, génufléchissant comme un danseur professionnel, et de qui chaque parole se compose d'un mot. Il en peuple l'espace. Pour lui, concetti et confetti sont synonymes. « A peu près » et calembours s'évertuent. Ce n'est peut-être pas de qualité supérieure. Le nom lui-même du spirituel chroniqueur semble nous prévenir en nous disant, avec une modestie si amusante :

— Ce n'est pas extra-fin ! Ce n'est pas de la reine-claude ! C'est du Grosclaude ! qu'on protesterait volontiers : « Mais pas si gros que ça ! »

Et Hugo lui-même, qui appelle ce badinage la fiente de l'esprit, ne resterait pas insensible à l'imprévu de ses trouvailles et à leur drôlerie.

Avec son illustrateur Caran d'Ache, Grosclaude apporte ses *Gaietés de l'année,* joie hebdomadaire des lecteurs de *Gil Blas.* A combien d'exemplaires va-t-on tirer le volume ? Le directeur Henry May demande :

— D'habitude, vous tirez ?

— A cinq, répond Grosclaude imbu de baccara.
Et, comme May se fait, lui, tirer l'oreille pour le
nombre d'éditions qu'il exige, Grosclaude menace
non seulement de l'éreinter dans tous les journaux
de Paris, de la province et de l'étranger, mais encore
de fonder, contre lui, un spécial journal de combat
qu'il ne craindra pas d'appeler : *L'anti-May*...

Garde à vous ! Voici un officier... non, un sous-
officier.

Il a beau être en civil et fort élégamment vêtu,
c'est un sous-officier et de marsouins, encore ! Il est
grand, superbement découplé, a le teint basané, les
cheveux ras, la forte moustache soulignée, en cédille,
par une barbiche de chevronné, et des yeux pleins
d'espace, au regard braqué d'un timonnier à la barre
ou d'un coureur des bois. C'est Paul Bonnetain.
Il a fâcheusement débuté par un double scandale.
D'abord son premier livre, de fort honnête intention,
mais de si maladroite facture que cette poignante
étude d'un vice semblait être une cynique spéculation
sur les plus fâcheux instincts. Ensuite le dramatique
conflit de Sarah Barnum et de Marie Pigeonnier
dans lequel il affiche une pitoyable et sotte intention.
Mais il a voyagé depuis ! Et qu'est-ce qu'il nous
rapporte ! Deux grands beaux livres : *l'Opium,* qui
paraît chez Charpentier, et *l'Extrême-Orient,* que va,
bientôt, publier la maison Quantin.

Ainsi fera-t-il coup double, car, en surpassant la
réhabilitation littéraire qu'il voulait, Bonnetain, par

son émouvant et rude talent d'évocateur, s'affirmera bientôt comme un conquérant de l'art et du public.

Je crois que la Librairie moderne connaîtra des jours très bien, de beaux jours, même un prochain jour de gloire. Ce sera celui où paraîtra, chez elle, *Axel*, de Villiers de l'Isle-Adam. Il y a déjà quelque temps qu'elle s'occupe de lui, la gloire, et qu'elle s'efforce de le sortir des enfumées brasseries où, le bock en main, la bohème éloquente et altérée voudrait le retenir. Déjà, la légende accumule, sur son nom, la curiosité. Des pages de grand style ont allumé, devant lui, mieux que des feux d'artifice, des éclairs. Ses extravagances aussi le signalent. Malherbe a promis à Lavedan et à moi de nous faire déjeuner ou dîner avec lui et j'ai, de le connaître, l'impatiente ferveur qui m'animait naguère, à l'égard de Barbey d'Aurevilly et de Rollinat, car après avoir lu les *Contes cruels* et *l'Eve future*, je sais que si, pour certains, Villiers de l'Isle-Adam est un pauvre homme, il est pour d'autres un grand, un fort grand monsieur.

En attendant, on travaille ferme à la Librairie moderne pour être prêt en octobre, début de la saison. On s'occupe de la couverture. Quelle couleur ? Il faut trouver autre chose que le citron Charpentier. C'est difficile. Les autres teintes s'altèrent si vite à l'étalage. Enfin le jaune orange est choisi et, vers les premiers jours de novembre, j'ai, devant mes yeux, mon premier livre, ma petite amie, *Céleste*

*Prudhomat,* en belle robe d'or dont on vient de l'habiller pour son entrée dans le monde.

Je m'interdis de me demander si elle y recevra bon accueil. Elle représente là un grand désir exaucé, un grand effort déjà récompensé. Je veux que mon premier livre soit chargé d'apporter aux miens, là-bas, une ardente part du sentiment qui, en cet instant même, m'agite, et c'est, me semble-t-il, le diplôme de mon véritable baccalauréat ès lettres, qu'avec un bonheur réfléchi, réparateur et profond, je leur envoie.

# VII

## VISITES

Une dizaine de jours s'est écoulée depuis la mise
en vente de mon livre, et, vigilant guetteur de la
presse, à part les notes de publicité dont la répétition
littérale finirait par devenir pénible, je ne vois rien
venir. Évidemment je suis pressé ! C'est que je n'ai
pas encore l'habitude et il me semble que je ressens
les premières atteintes du silence autour de mon
roman. Hier encore j'étais pourtant d'une si belle
insouciance. Aujourd'hui j'ai la fièvre. Quel pouls
désordonné que celui de l'homme de lettres quand
l'orgueil le saisit !

Je me réprimande. Je me contrains au calme mais
n'en arrive pas moins, cet après-midi, rue Saint-
Benoît, le cœur en alarme, impatient de savoir si,
à mon égard, la critique se décide à opter pour la
sympathie, l'hostilité, l'ignorance ou l'absolu dédain.

Malherbe n'est pas encore arrivé. Le bureau est
désert. Mais, devant moi, à deux pas, étalé dans
toute sa largeur sur la table, un journal : *la Répu-
blique française* me jette, en plein dans les yeux, en

grasses majuscules, le titre de mon livre, mon nom
et quatre hautes colonnes de critique avec, — au-
dessous de la dernière, — cette signature : « Francisque Sarcey ».

Je reçois, au creux de l'estomac, un choc si violent
que j'ai peur de mon émotion. Je la contiens à
grand'peine. Je m'assois. Je suis à table devant un
festin prodigieux qui offre à ma fringale les mets les
plus succulents et les plus abondants. Je ne lis pas.
Je dévore des hors-d'œuvre de sympathie, de
chaudes entrées de compliments, même les plats de
résistance, le rôti qui se défend, le pot-au-feu, où le
bœuf de l'éloge est contrecarré par la carotte de la
rude ironie, le navet de l'indulgence et le panais du
blâme, les vins généreux qui réchauffent et grisent !
Tout y passe, et, quand c'est fini, je recommence,
car ma jeune goinfrerie ne veut pas laisser une
miette de ce miraculeux repas de bienvenue qui m'est
offert par le plus autorisé faiseur ou « défaiseur »
de renommées, aux yeux du grand public bourgeois !
De Sarcey que j'ai, comme tout jeune homme de
lettres, traité de rétrograde sinon de radoteur et à
qui, maintenant, je prodigue mon enthousiasme et ma
reconnaissance, car ma joie naïve ne s'embarrasse
pas de ces palinodies !...

C'est cette gratitude que je viens exprimer au
critique ce matin où, rue de Douai, je monte l'escalier
du petit hôtel si connu de tout Paris.

Quelle chance inattendue Sarcey porte à mon

roman ! En tête du *Gil Blas*, Henry Fouquier lui consacre toute sa chronique. Il loue, il blâme, il discute, et il assigne au livre une place à laquelle son auteur n'aurait osé prétendre. En tête, également, du *Figaro*, Jules Lemaitre, d'une main plus rude, le classe au meilleur rang. De tels parrains lui valent, dans la critique littéraire, de véhéments témoignages de sympathie et aussi d'aversion. Mais je n'avais pas prévu que la survenue des lois scolaires et du fameux article 7 lui donnant une actualité brûlante livrerait aux disputes de la presse politique ce livre qui, dans ma pensée, n'a jamais été qu'une histoire d'amour.

Quel écrivain serait assez cyniquement hypocrite pour oser affirmer que de telles rumeurs autour de son premier livre le laissent insensible ? Je crois que trois éléments composent la joie d'un auteur à qui la critique et le public témoignent que son effort n'a pas été vain : la louange, la discussion et l'encouragement.

Des trois, c'est le dernier que j'éprouve avec le plus de force. C'est à Sarcey que j'en dois la première impression, et c'est cette gratitude que je viens lui exprimer, ce matin.

Du rez-de-chaussée, un secrétaire hurle les noms des visiteurs comme un garçon annonce bocks, absinthes et bitters-curaçao. Mais, tandis que je monte l'escalier à la suite de mon nom, une clameur énorme et inattendue dont retentit toute la maison

m'interloque. C'est Sarcey lui-même qui appelle à
grands cris :

— Nourrice ! Nourrice !...

Puis tout se tait. La nourrice a dû accourir... pas
pour lui, je pense ! Même, en le supposant nour-
risson des muses, je ne peux croire qu'il appelle
l'une d'elles et lui demande ainsi, publiquement,
le sein.

Il n'y a pas d'antichambre. Tout le monde est
pêle-mêle dans le vaste et clair atelier, du plancher
au plafond, maçonné de livres devant lesquels
s'appliquent des échelles et courent des trottoirs.
Une haute et large baie expose à la lumière du jour
toute la pièce, comme elle offre au regard, par-dessus
le mur d'en face, la cour d'un paisible couvent où,
sous de beaux ombrages, les robes blanches des
religieuses vont et viennent parmi des fillettes qui
jouent.

Je prends place sur le célèbre divan et la noble
résistance de ses ressorts m'atteste que sa célébrité
doit être du meilleur aloi. Il n'y a, autour de moi,
que de jeunes hommes rasés et quelques très jeunes
femmes, « étoiles en herbes » ou « espoirs » du
Conservatoire, qui, de l'une à l'autre, ont l'air de
chuchoter leurs rôles.

Lui, il règne là, dans l'angle, assis à sa table de
travail, car, pour ne pas perdre une minute, c'est en
écrivant qu'il reçoit. J'admire cette puissance de
labeur, massive et aisée. Je sais bien que, trop sou-

vent, il confond le bon sens avec le sens commun, mais, s'il se trompe, il est toujours de bonne foi. Je sais qu'il est sincère, insensible à la mode, inaccessible aux engouements, qu'il suit et encourage les talents qu'il a aidé à naitre, et que sa prose familière est un bon vin de table du vignoble français. Je me dis aussi que ce grand et gros travailleur fut un jour poète. En ce moment même, je m'entends fredonner ce vieillot et charmant refrain de lui :

> *A Paris près de Pantin,*
> *Je naquis un beau matin*
> *De décembre.*
> *Pour chasser le froid, la faim,*
> *Nous n'avions ni feu, ni pain*
> *Dans la chambre.*

Et je trouve cela pur, candide, et ensoleillé comme :

> *Le ciel est par-dessus le toit*
> *Si bleu, si calme...*

Ou :

> *Deux gendarmes, un beau dimanche*
> *Chevauchaient le long d'un sentier.*

Mais le jeune homme à confesse, près de lui, se lève, et, d'une voix forte, le critique m'appelle. Je m'approche, m'assois et, le mieux que je peux, je dis mon émotion et ma reconnaissance dans la bonne grosse oreille poilue qui m'est cordialement ouverte. Il secoue la tête comme s'il chassait des mouches importunes et me dit brusquement :

— C'est ma sœur qui a lu votre livre, la première. Elle m'a dit : « Il faut que tu lises ça. L'auteur n'entend rien aux questions d'enseignement, mais ça ne fait rien. Il faut que tu le lises. » Alors j'ai lu et, ma foi, j'ai dit tout ce que j'en pensais.

Quand, en réponse à sa question, je lui affirme que je vais continuer ma série de province :

— C'est ça, me dit-il. La voie vous est ouverte. Marchez. Apportez-moi vos livres et comptez que vous avez, en moi, un lecteur, un juge et un ami.

Et la poignée de mains que je reçois est, je le sens, envers son cadet, l'engagement d'un grand honnête homme de lettres qui ne sait pas mentir.


## LE TUEUR DE CYGNES

Une des plus fortes et des moins avouées caractéristiques de l'activité intellectuelle est l'instinctif élan qui nous pousse à vouloir aborder les esprits desquels nous pouvons « recevoir » et avec lesquels nous pouvons « échanger ». Car toute personnalité se nourrit de personnalités, et l'originalité n'est qu'une supériorité de l'assimilation.

Ce que je sais de Villiers de l'Isle-Adam m'a donné le plus impatient désir de le connaître, et

Malherbe, qui a bien voulu s'employer à cette mise
en rapports, nous réunit chez lui, Henri Lavedan,
le docteur Maurice de Fleury et moi en un déjeuner
auquel l'auteur de *l'Ève future* a promis d'assister.
Je sais que Villiers a environ cinquante ans, qu'il est
de la pléiade Jean Richepin, Banville, Catulle
Mendès, Léon Dierx, Mallarmé fraternisant à la
table hospitalière de Nina de Villars, que, la nuit,
dans des brasseries, la munificence de son esprit
jette, à poignées, des idées, qu'il oublie aussitôt, à
des auditeurs qui, eux, ne les oublient pas, et que ce
chevalier de Malte, accidentel prétendant au trône
de Grèce, habite, rue Blanche, un sombre petit logement en compagnie de son tout jeune fils et d'une
gouvernante femme du peuple et « servante au grand
cœur ».

C'est un dimanche de février. Le temps est noir.
Nous déjeunerons aux lumières, et merveilleusement,
car Malherbe est un Carnot de la table, et il est
toujours obéi quand il a décrété le délicat manger.
Mais le convive attendu ? Il est bien près d'une heure
et demie ! Faut-il s'inquiéter ?...

La sonnette, dans l'antichambre, vient de grelotter
et, presque aussitôt, un homme grelottant lui-même,
chétif, sanglé dans un pardessus étriqué, la tête
volumineuse, le visage pâle et souffrant, sous de
grands cheveux gris qui bouclent et qui flottent, entre,
tenant, d'une main, un haut de forme usagé, de
l'autre, un petit garçon à crinière emmêlée, et il

« donne » si exactement le passant pauvre qu'on
cherche, de l'œil, la guitare avec laquelle il accom-
pagnera sa romance en faveur de l'enfant.

Mais il se borne à dire en tournant, vers nous,
le petit :

— Totor, salue ces messieurs...

Il salue lui-même en faisant aller sa tête simulta-
nément de gauche à droite et de haut en bas avec tant
de vitesse et de componction qu'il serait impossible
de vouloir lui répondre de même sans être ridicule.
Humble et bredouillant, il s'excuse d'être en avance,
— et son coup d'œil en dessous ayant surpris notre
sourire, — il ajoute : « Ou en retard », mais il n'a
pas le sentiment du juste milieu, et, s'approchant du
feu, tendant ses petites mains nerveuses et diaphanes
à la flamme qui leur met des doigts de corail, il
continue à grommeler :

— Temps affreux, horrible, à ne pas mettre
Mendès à la porte, affreux... je tousse... je ne sors
plus... et le soir, seul, auprès de mon poêle, — il prononce po-aile, — je médite... je rêve... je compose de
petits poèmes, définissant... autant que possible... en
un vers... deux tout au plus... les hommes éminents...
les événements de l'histoire...

Exemple... Définitions :

*François Coppée* : Donnez-moi de l'argent puisque
j'aime ma mère !...

*Le moyen âge* : Pour un oui, pour un non, les
peuples écopaient.

Ou encore :

*Choubersky :* Mon nom est répandu dans l'univers entier.

Et l'on dit Choubersky comme on dit Parmentier.

Se paierait-il notre figure ? ou, pire encore, ce petit homme morfondu aurait-il l'habitude de vouloir faire rire ?

— Des loufoqueries ! reprend-il, mais, n'est-ce pas, ça repose. Amédée Dufaure avait, paraît-il, chaque jour, une heure de folie. Folie ! Raison ! Génie ! Talent ! Tout ça est mitoyen ! Tout ça voisine, va, de chez l'un, chez l'autre, en pantoufles, en haut-de-forme ou en bonnet de coton !...

Il a relevé la tête. Le petit homme « loufoque » a disparu. Il reviendra. Mais, maintenant, à sa place, surgit un étonnant gentilhomme à moustache retroussée, à royale en parade, les cheveux fièrement rejetés en arrière, un front en façade dénonçant qu'à l'intérieur se passe quelque chose qui est génial dans sa grandeur, comme dans sa cocasserie et des yeux bleus d'anglais bretonnant, des yeux dont certains regards pèsent pour le moins huit cents ans de noblesse. Il n'est plus humble. Aisé, désinvolte, allant et venant, jarret tendu, pirouettant et la main sur la hanche comme sur la garde de son épée, c'est lui, à présent, qui nous reçoit et qui, à table, va, magnifiquement, nous faire les honneurs... de lui-même.

Tout de suite, il commence, dès les hors-d'œuvre. Il parle de la Bretagne, son pays natal que ce temps lui rappelle. A tort et à travers, pêle-mêle, il évoque la mer, les landes, les châteaux hantés, les vieilles gens comiques et grandioses. De Renan, il dit :

— Une sorte de somnolence, un engourdissement émane, fuse et suinte des feuilles de son œuvre comme de celles d'un mancenillier.

Ou encore :

— Renan c'est une souris d'autel qui s'introduit dans les sacristies les mieux fréquentées pour y voler et grignoter le pain bénit.

Et les litanies qu'il a composées en l'honneur de la Vierge :

*Maman du bon Dieu !*
*Toi qui te tiens debout au Calvaire !*
*Talon victorieux du serpent !*
*Blancheur de l'aube éternelle !*
*Splendeur des larmes humaines.*

Mais, tout à coup, la bouffonnerie le reprend. C'est la caricature de la noblesse bretonne avec la marquise de Kermangui de Kermansifflec de Kiriki-Painpain-Poulaouec ! L'opérette où le roi exige que son ministre lui chante n'importe quoi, pourvu que ce soit en vers et où celui-ci entonne :

*Si ma pièce criminelle*
*Pouvait toucher les dieux retors,*
*Je voudrais être la flanelle*
*Qui boit les moiteurs de ton corps.*

Et, tout à coup, il s'élance sur Richard Wagner. Il raconte sa visite à la cour de Weimar, où, bien qu'il fût ridiculement habillé d'un pantalon blanc et d'un frac, la garnison du Palais lui présenta les armes parce qu'il portait sa croix de chevalier de Malte. Et il entreprend l'œuvre de Wagner. Il la sait par cœur. Il chante, d'une vieille voix qu'il contraint à l'ampleur et à la magnificence, le chant de l'Epée, et il s'accompagne sur la nappe avec une conviction si passionnée qu'on écoute !...

Nous sommes tous, les yeux braqués, les oreilles tendues. Victor, le bel enfant joufflu aux cheveux bouclés, s'est angéliquement endormi. Mais la pauvre gouvernante qui veille sur lui est venue l'arracher de sa chaise pour le conduire au parc Monceau, prendre l'air. Nous nous en sommes à peine aperçus. Villiers pas du tout. Je lui roule des cigarettes et lui tends des allumettes enflammées pour qu'il ne s'interrompe pas.

Il nous parle d'*Axel*. La puissance et la splendeur verbales avec lesquelles il plaide, pour son héros, le droit au silence, refusant la réalité du trésor qu'il a découvert pour ne garder que l'idéal pouvoir à lui conféré par la supériorité de son rêve, sont incomparables. Et voici Tribulat Bonhomet. C'est, pour lui, l'incarnation dérisoire et horrible de l'ennemi du beau, un gigantesque Joseph Prudhomme de l'enlaidissement et de la souillure. Il le représente, chercheur de tares, chasseur d'hermines non pour les exterminer, mais avec une seringue chargée d'encre, pour salir leur blancheur et enfin, tueur de cygnes parce qu'on lui a dit que le cygne ne chantait qu'au moment de sa mort, et qu'à cet instant-là il chantait « délicieusement ».

Et Villiers nous décrit la fantastique scène dans laquelle Tribulat Bonhomet résolu à l'assassinat du bel oiseau a, tout de même, pris la précaution d'endosser une cotte de mailles et de se ganter de fer parce qu'il sait le cygne doué d'une force redoutable. Rien de plus impressionnant que le monstrueux guet-apens de ce fantaisiste chevalier félon, s'avançant, à pas étouffés, vers la silhouette de blanche nacelle endormie sur l'étang, le perfide appel gratté à la surface par « l'index moyen âge » et l'horrible égorgement, mains crispées et oreille tendue quand, lâchant la bête à demi morte, le sadique assassin se tient aux écoutes de cette agonie battant de l'aile, comme si, déjà, elle battait la mesure du chant qu'elle va, peut-être, exhaler dans son dernier soupir...

Il a « parlé » cette scène avec un tel accent de puissance évocatrice qu'un frisson d'horreur nous secoue. Mais, à ce moment-là même, la porte s'ouvre violemment, et la gouvernante pousse, devant elle, le bel enfant Victor, en s'écriant :

— Je suis obligée de le ramener ! Ce petit misérable a fait, au parc Monceau, tout un scandale. Il pleurait ! Il criait ! Il trépignait ! Impossible de le tenir...

— Qu'est-ce qu'il voulait donc ?

— Il voulait tuer un cygne !...

Villiers en est tombé à la renverse sur le dossier de sa chaise. Il ne peut, instantanément, songer que Totor, dans sa cruelle simplicité d'enfant, s'est passionné pour l'exploit de Tribulat Bonhomet. Villiers est mystique et il flaire du surnaturel sous cette leçon de choses ripostant, du tac au tac, à son ironie par une ironie supérieure, lui révélant la tare par quoi son génie qui pourráit être illumination n'aura jamais que des éclairs : le démon de la plaisanterie. Et, reprenant l'enfant par la main, il s'en va, secouant la tête avec un air de marmonner :

— Il y a quelque chose là-dessous...

# VIII

# NATURALISTES ET SYMBOLISTES

La littérature actuelle se divise en deux camps absolument distincts, mais que nulle irréductible haine n'arme l'un contre l'autre. Ce sont les symbolistes, poètes qui ne répugnent pas à s'exprimer en prose et les naturalistes de toutes nuances, prosateurs exclusifs.

Eclectiquement dirigée par Edouard Dujardin, écrivain sagace, wagnérien militant, gentleman de mise ultra-recherchée, habituellement « redingoté » de noir, « pantalonné » de gris-perle, cravaté d'écarlate et ganté de blanc, la *Revue Indépendante* équilibre, sinon son budget, du moins sa vie littéraire sur cette double collaboration.

Les symbolistes ont un chef autour de qui, avec une fanatique ferveur, ils se groupent et qui, chez lui, rue de Rome, le soir, une fois par semaine, les reçoit. Ce chef est Stéphane Mallarmé. Il offre, à la première vue, ce phénomène contradictoire du poète le plus originalement mystérieux, voletant et diapré, affublé de la forme et de l'aspect d'un grosset petit expéditionnaire trottant menu vers un sombre petit café où, en compagnie de modestes petits commis, la manille l'attend. A seconde vue, deux traits de ce rond visage noirci de barbe réclament l'attention. Ce sont des yeux interrogateurs et riants, non à ce qu'on leur montre ou à ce qu'on leur dit, mais à des images qu'ils s'offrent pour leur propre plaisir en s'abstenant de la conversation, — et une bouche friande de certains mots, qui les retient, les suce comme des bonbons à l'exemple de ce professeur qu'il cite volontiers et qui, dit-il, rien qu'avec ce mot « vitulos », pendant deux heures de classe, se nettoyait les dents. Nul n'est plus agréablement chimérique et ne sait poinçonner, d'une touche aussi personnelle, l'invraisemblance d'une improvisation.

Dans ce blanc café voisin du ministère de la Guerre où, près de lui, le hasard des rencontres nous a réunis, lui, Huysmans, Léon Dierx, Rémy de Gourmont et moi, Mallarmé a demandé :

— Un vermouth grenadine.

Et quand le garçon va verser, d'une main rude, le sirop, le poète lui retient le bras et commande :

— Une goutte !... Pour la couleur !...

Il est en verve. Il improvise l'édification de la maison qu'il rêve, dévolue au repos des seuls artistes, dans une simple et belle campagne, pas trop loin de Paris. A sa voix, les détails qui composent la simplicité et la beauté de ces champs naissent de toutes parts, en nuées de papillons. Nous écoutons, avec une attention si charmée que nous avons l'air de les poursuivre, un filet à la main. Mais, bientôt, cette campagne se dépouille si complètement de sa parure réelle et devient à ce point idéale qu'il nous semble la voir se volatiliser, et, quant à l'architecture de la Chartreuse destinée aux artistes, elle se complique de façon si abstruse que Rémy de Gourmont, lui-même, le plus métaphysicien du groupe, déclare que cette maison de retraite serait inhabitable. Alors Mallarmé voulant rallier, par une note sympathique, les suffrages qui s'enfuient et, levant l'index en baguette de fée, ajoute :

— Un paon sur le perron !...

Intime, il s'exprime avec la plus limpide clarté. On ne cite généralement de lui que des fragments sybillins. Voici pourtant une lettre de la plus transparente pureté de pensée et de forme :

*Paris, 89, rue de Rome.*

*Mercredi 6 juin 1887.*

*C'est une attention bien charmante à vous de m'envoyer votre livre, à ces heures d'été où on lit. Voilà une étude puissante, sans aucune espèce d'excès et de caprice littéraires, et très impersonnelle comme l'existence : bien un des aspects, le plus exact peut-être, du roman moderne, qu'il serait temps de ne pas confondre simplement avec le poème ; non qu'il n'y*

*ait en jeu, ici, toute une richesse de clavier, mais vous
la voilez conformément à notre maintien. Aussi, une
certitude de langage !...*

*Merci et bien cordialement.*

STÉPHANE MALLARMÉ.

On attribue, volontiers, à une recherche d'originalité l'ésotérisme, qu'exception faite des œuvres de
début on reproche à la poésie et à la prose de
Mallarmé. Si cette obscurité est réelle et n'est pas
l'effet, chez le lecteur, d'un refus d'attention à un
texte subtil, elle n'est sûrement pas attribuable à un
désir indigne de ce parfait écrivain. L'obscurité, en
vertu d'un bien connu phénomène, provient, chez lui,
d'un souci de clarté poussé au paroxysme, de même
que la déconcertante construction de sa phrase a,
pour cause, la dévotion à la syntaxe poussée jusqu'au
délire. Il a eu le fanatisme de la ponctuation, théori-
sant sur le rôle du point et virgule simple, du point
et virgule aggravé d'un trait, des deux points, etc...
Puis, tout à coup, il a banni la ponctuation, alléguant
qu'elle surchargeait d'incidentes les phrases, les
faisant, à chaque instant, choir dans des ornières, —
et que, de plus, la ponctuation était une grossière
injure à la compréhension du lecteur. Deux néolo-
gismes médico-littéraires définiraient seuls le cas
de Mallarmé : c'est un « perfectomane » et un
« syntaxique ».

Si de tels scrupules grandissent l'honneur d'un

écrivain, ils n'en réduisent pas moins sa production littéraire à sa plus simple expression, et celle de Mallarmé atteint à l'impalpable. Venu, à la Librairie moderne, pour les premières épreuves d'*Axel*, Villiers de l'Isle-Adam me raconte, à ce sujet, qu'une de ces nuits dernières, il eut le plus étrange et torturant cauchemar. Dans son sommeil, il avait, par son habituel geste de fumeur, sorti de sa poche son papier à cigarettes. Mais, au moment où il allait en extraire une feuille, au lieu de la mention Job qui lui rappelait toujours son confrère biblique, — il lut, avec quel effarement, sur la couverture de ce cahier minuscule et si mince : *Œuvres complètes de Stéphane Mallarmé*. Cela se peut-il ? Un cahier de papier à cigarettes ! Mais, quand il veut lire, les feuilles sans discontinuer succèdent aux feuilles. Elles naissent, et renaissent sous ses doigts, ajoutant, sans augmenter le volume, des Bottin à des Bottin. Il sent qu'il devient fou à tourner sans trêve les feuillets et, dans une exaspération finale, s'étant éveillé, il voit, tout ouvert sur son lit, ce chef-d'œuvre en quatre ou cinq pages : *L'après-midi d'un Faune*. Un cahier de papier à cigarettes !

— Il n'y a qu'un grand poète, concluait Villiers, qui puisse faire tenir l'infini dans un fini si petit !...

Les jeunes poètes qui lui apportent, avec une assidue ferveur, l'hommage de leur admiration ne sont pas nécessairement, pour cela, comme, en général, l'entend l'opinion, ses disciples.

Henri de Régnier est un lyrique d'inspiration impérieusement personnelle, et nulle hésitation maladive n'entrave ou ne fait trébucher l'envol de ses vers.

A quelle discipline pourrait bien accepter de se soumettre le libre et adorable génie de Jules Laforgue, de qui la *Revue Indépendante* publie les *Moralités légendaires* et *Pan et la Syrinx*, ces deux merveilleuses sources jaillissant à travers les prairies si desséchées de la littérature ?

Et à quel gouverneur de pensée consentirait à obéir Gustave Kahn lorsque, au gré de son art, il bâtit les féeriques *Palais nomades*, parmi les espaces où son rêve atterrit ?

De même, les poètes de si bel et de si indépendant essor, les Viélé-Griffin et les Stuart Merril.

A ces familiers du salon Mallarmé, se joignent fréquemment, ou parfois, Villiers de l'Isle-Adam, Léon Dierx, Paul Adam, Verhaeren, George Moore, René Ghil, Félix Fénéon, Octave Maus, le critique littéraire de la *Revue Indépendante*, Théodor de Wizewa, Emile Hennequin, Charles Vignier, le peintre Odilon-Redon, E. Dujardin, etc...

Mais, à côté de ces poètes symbolistes, la *Revue* fait une large place à la pléiade de prosateurs nés du naturalisme et de qui des livres déjà notoires ont dégagé la personnalité. Ce sont, plus particulièrement rapprochés les uns des autres, par leurs idées, leur sympathie et leurs goûts, Gustave Geffroy, Jean

Ajalbert, Paul Bonnetain, J.-H. Rosny, Lucien Descaves, Paul Margueritte et moi, de qui la camaraderie littéraire groupe, déjà, les cinq noms comme les cadets immédiats des cinq noms signataires des soirées de Médan.

## FÉLICIEN ROPS

Chacun de nous a publié, chez Dujardin, soit une longue nouvelle, soit un court roman. J'ai écrit, pour la *Revue*, une parabole biblique racontant que Dieu s'est rendu à Sodome pour y découvrir les dix justes en faveur desquels il pardonnera les crimes de la ville. Mais, comme il harangue la population à laquelle il reproche ses monstrueuses luxures, la foule, au lieu d'exprimer son repentir, se révolte contre la liberté de la Parole, qui offense la pudeur imprévue de l'auditoire et c'est à coups de pierre que celui-ci accueille les propos divins. Dieu jugeant la pudeur de Sodome comme le véritable crime, pour lequel il ne saurait y avoir de pardon, étendit son bras vers les volcans voisins.

J'ai eu l'idée, pour la plaquette que veut publier la Librairie moderne, de demander un frontispice au maître graveur Félicien Rops. La démarche est, pour le moins, hardie, car je connais seulement son nom, avec une partie de son œuvre, et je ne peux avoir la prétention de le croire pareillement informé à mon égard.

Félicien Rops habite, rue de Gramont, presque en plein boulevard, une étrange maison dont l'escalier, dès le début, spacieux jusqu'à être grandiose, s'amincit, se rétrécit à mesure que les étages se superposent et, vers le sixième, n'en pouvant plus, s'étrangle au sommet d'une tour.

J'entre. Je suis dans un de ces ateliers de photographie dont le plafond de verre capte tout ce qu'il peut de clarté du jour. Le mobilier ? Des chaises éparses autour de deux tables, sur lesquelles, comme des lames de soleil couchant, des plaques de cuivre rougeoient. Décoration ? Une suite de cartons le long des quatre murs.

— Bonjour !...

D'où a-t-il surgi ? D'une trappe ? ou de la porte brusquement ouverte ? Le voilà. Un diable cordial et bon vivant. Diaboliquement vêtu d'un pourpoint de velours noir boutonné très haut, mais laissant saillir en flaque de sang une cravate cramoisie, sa culotte également de velours noir s'enfouit, à partir du mi-mollet, dans les tubes en cuir rouge de deux bottes dont les semelles allongent, sur le parquet, comme deux pieds fourchus. Diabolique, elle aussi, la figure, mais celle d'un Lucifer tour à tour inquiet, réjoui et malin. Quel âge peut-il avoir ? Un âge vague entre quarante et soixante-dix. On ne sait. On ne peut voir. Les cheveux et la barbe teints ont l'air brûlé et sentent, dirait-on, le roussi. Le visage est peint, émaillé, cuit, recuit et flammé comme un grès. Les yeux perçants et égrillards accentués de sourcils faunesques ont l'air de s'amuser follement d'un bout de langue que la bouche sensuelle lâche, de temps en temps, comme une rouge souris à travers les fauves taillis du menton.

De quel pays est-il ? De Hongrie ? De Roumanie ? De Moldo-Valachie ? D'Herzégovine ? Il laisse entendre volontiers qu'il est Hongrois. Mais, volubile, et, sa parole galopant et bondissant comme un gave, l'accent qui, tout à coup, lui jaillit des lèvres le trahit. Il est Belge... à moins que... Non, il n'y a pas de doute, il est Belge. Je lui suis présenté par notre ami Octave Uzanne. Alors, d'emblée, j'ai sa confiance.

Il parle. Il fait voler sa vie en éclats, en ramasse les morceaux, les ajuste. Son enfance ! En Hongrie ! La puzta ! Les ours ! Les violons ! Les czardas ! Et la maison natale, en Belgique ! Le voici, maintenant, en Belgique ! Une maison immense entourée d'un parc formidable à travers les ramures duquel un étang miroitait. Les soirs d'hiver, son grand-père, un géant des guerres impériales, qui avait chargé, à la Moskowa, comme capitaine de cuirassiers, allait se planter debout devant l'étang et, fouetté par les tourbillons de neige, il faisait l'appel de ses soldats tombés dans la bataille ou fracassés par les glaces de la Bérézina. La voix s'enflait, tonnait, remplissait la nuit de ses commandements terribles et, quand il hurlait, lui-même, les réponses : « Présent ! Présent ! » l'enfant grelottant de peur, le front contre la vitre, croyait voir les gigantesques fantômes cuirassés de glace sortir de l'étang et, devant leur capitaine, se mettre au garde-à-vous...

Puis, toujours par éclats, sa vie dont la simplicité étonnerait ceux qui ne le connaissent pas, dont il se stupéfie lui-même, car il n'en revient pas d'être marié, d'aimer sa femme qui habite avec lui, cette maison-ci, deux étages au-dessous et dirige là un atelier de modes, une petite ruche d'ouvrières à la tête desquelles, les dimanches d'été, patron et patronne s'ébattent dans la campagne tels des étudiants et des grisettes sous l'œil de Paul de Kock !...

Et l'art ! Enfin il en parle. La beauté ! La beauté ! Ils, — à qui ce pronom s'adresse-t-il ? — n'ont que ce mot à la bouche ! La beauté pour eux c'est l'harmonie parfaite, le corps sans défaut, sans tache et sans tare ! Pour moi, la beauté immaculée est l'insipidité elle-même ! Le défaut, la tache et la tare sont des repères, des points de contraste et de comparaison sans lesquels, pour la beauté, le contrôle n'est pas ! Le soleil lui-même ne saurait pas qu'il est la splendeur, s'il n'avait pas de taches !...

Je crois le moment venu de faire connaître le but de ma visite. Je me sens un peu intimidé. Mais, dès qu'il voit se dessiner le sujet de mon récit, le clignement des paupières, le sourire qui s'accentue et les hochements de tête qui se pressent me témoignent que mon auditeur s'intéresse et approuve. Ayant, plus que tout autre, souffert de l'hypocrisie, l'idée de la flageller, par une image justicière, l'enchante et l'enthousiasme. Il me dit :

— C'est entendu. Laissez-moi votre nouvelle. Je comprends déjà. Je vais me mettre au travail tout de suite. Dans une quinzaine de jours, la chose sera debout, et j'ose vous assurer que ce sera très bien.

Il m'entr'ouvre ses cartons. Ce sont des soupiraux d'enfer au fond desquels apparaissent les chairs meurtries et déchiquetées de la luxure qui grimace, se contorsionne, râlant de douleur et de désespoir sous les lanières de la flagellation. L'admiration me transporte. Mais une égoïste et assez basse terreur m'impose une soudaine anxiété. Félicien Rops l'a devinée et me dit :

— Ce que je vais faire n'aura rien de commun avec ce que vous voyez. Ce que je vais faire pourra « être vu par tout le monde ». Ce sera la plus monstrueuse apologie qui ait été faite de la pudeur !

Rops m'a dit :

— Dans une quinzaine de jours, ce sera fait.

Il est exact. Cette quinzaine est à peine écoulée que mon concierge me remet, avec une brusquerie sévère qui m'étonne, une carte-télégramme ouverte laissée, pour moi, par le facteur. Rops m'annonce que son travail est terminé. Mais il s'exprime ainsi :

— C'est fait. Je viens d'accoucher. L'enfant se porte bien. Venez le voir.

Cette annonce exagérément métaphorique me fait comprendre la sévérité du concierge. Je lui dis qu'il s'agit d'un travail, mais il secoue la tête en grondant :

— L'essentiel, c'est que vous n'ayez pas d'ennuis.

L'œuvre de Rops est d'une colossale puissance, et tout ce qui surgit de symbole autour de ce Moloch du pharisaïsme est d'une incroyable grandeur.

J'exprime, de mon mieux, au grand artiste toute mon admiration, toute ma joie, toute ma reconnaissance, et, le soir même, je vais à la *Revue Indépendante*, corriger mes épreuves.


## STÉPHANE MALLARMÉ, THÉODOR DE WIZEWA ET MOI, NOUS JOUONS « L'IMPUISSANCE DES TÉNÈBRES »


Pas plus que Dujardin, les épreuves annoncées ne sont à la *Revue*. Dans la petite salle du rez-de-chaussée, rue Blanche, assis à une table fantomatiquement éclairée par un bout de bougie, Stéphane Mallarmé lit ses *Notes de théâtre* à Théodor de Wizewa, qui écoute avec une attention si intense qu'elle dénonce une distraction absolue et confinant à l'effroi. Il serait, me semble-t-il, enchanté d'interrompre, mais j'insiste, du geste, pour qu'il n'en soit rien, et, le papier dans la main gauche, la droite dessinant en l'air des arabesques, Mallarmé continue :

— « Parfois j'y considérai, au sursaut de l'archet,
« comme sur un coup de baguette légué de l'ancienne
« féerie, quelque cohue multicolore et neutre en
« scène soudain se diaprer de graduels chatoiements
« ordonnée en un savant ballabile effet véritable-
« ment rare et enchanté... »

— « Mais, de tout cela, poursuit Mallarmé, et de
« l'éclaircie faite dans la manœuvre de masses par
« de subtils premiers sujets, le mot restait aux finales
« quêteuses mornes de là-haut entraînant la sottise
« polyglotte éblouie par l'exhibition de moyens de
« beauté et pressée de dégager cet éclair vers quelque
« reddition de comptes simplificatrice... »

— « A défaut du ballet y expirant dans une fati-
« gue de luxe, voici que ce local très singulier deux
« ans déjà par des vêpres dominicales de la sym-
« phonie purifié bientôt intronise non pas le cher
« mélodrame français agrandi jusqu'à l'accord du
« vers et du tumulte instrumental... »

Mais la voix sombre. Après quelques oscillations de la flamme, la chandelle est morte et, dans les ténèbres qui nous rendent invisibles les uns aux autres, Wizewa exhale en un murmure qui me fait comprendre son angoisse :

— Il n'y a plus de bougie et Dujardin ne m'a pas laissé de quoi en acheter...

— Peu importe ! affirme Mallarmé dans un calme effrayant. Les ténèbres m'indiffèrent et voici comment je finis :

— « O plaisir, récite-t-il, par cœur dans l'obscu-
« rité, — et d'entendre là dans un recueillement
« trouvé à la source de tout sens poétique ce qui est
« jusque maintenant la vérité puis de pouvoir, à
« propos d'une expression même étrangère à nos
« propres espoirs émettre cependant et sans malen-
« tendu, des paroles ! »

Puis, comme pour consoler Wizewa, que nous laissons englouti dans ces ténèbres, Mallarmé révèle :

— Villiers de l'Isle-Adam a écrit les dernières pages de *l'Eve future*, à plat ventre sur un plancher rasé de meubles et éclairé d'un bout de bougie. A plat ventre, Wizewa ! A plat ventre ! Mais l'esprit était debout. Car l'esprit, chez certains, fait toujours angle droit avec le corps aplati !...


## LES CINQ


Le trait le plus distinctif de nos actuelles mœurs littéraires est le besoin de se grouper. Jamais époque ne fut moins individualiste que le temps présent.

Peut-être la défaite a-t-elle réveillé cet instinct de rassembler, en faisceaux, les efforts dispersés des forces sociales. Toujours est-il qu'on n'entend parler que d'associations amicales, de ligues, de groupes et d'écoles. Chez nous, les poètes se rallient autour de Leconte de Lisle, Sully-Prudhomme, Jean Richepin, François Coppée. Les écrivains réalistes se rassemblent auprès de Zola, Goncourt, Daudet, Maupassant. Les psychologues reconnaissent, pour maître, Paul Bourget, de qui l'œuvre grandit en puissance à chacun de ses livres nouveaux, et le dirige vers le commandement en chef de la pensée moderne. Anatole France, qui n'affiche pourtant pas de programme et ne fait nul frais de propagande, attire d'ardentes ferveurs par le seul rayonnement de sa personnalité.

Ce sont là gloires et célébrités acquises. Mais le plus remarquable, c'est que, dans sa hâte, les groupes, en formation, n'attendent même pas la consécration définitive pour ceux qu'ils décident d'instituer leurs chefs. Il a suffi à J.-K. Huysmans de publier *A rebours,* pour que les promoteurs de « l'exceptionnisme » accourent autour de celui qui en a promulgué l'impressionnant bréviaire. Maurice Barrès n'a eu qu'à ériger le dilettantisme en doctrine et à le doter d'un verbe qui « se fait chair » comme celui d'un nouvel évangile pour que surgissent, aussitôt, de zélés barrésiens. De même Marcel Prévost venait à peine, dans son beau livre *Le Scorpion,* d'affirmer une des plus attrayantes et fortes personnalités que, déjà, voyant, en lui, le rénovateur du roman romanesque, les partisans lui emboîtaient diligemment le pas.

Ainsi les idées bergères n'ont qu'à se montrer. Pour peu que leurs houlettes arborent un ruban intéressant et révèlent une main directrice, les troupeaux sont tout prêts. Le besoin de se grouper a multiplié les milieux littéraires. Si Tortoni agonise et entend les derniers mots d'Aurélien Scholl, il y a d'agités « cinq à huit » dans les rédactions de journaux, certains cafés du boulevard et quelques brasseries.

Il y a aussi les repas. Le plus notoire est le « Dîner des Bons Cosaques ». Il a lieu au Café Américain et réunit : Jean Richepin, de Hérédia, Catulle Mendès, Villiers de l'Isle-Adam, Huysmans, Henry Becque, Barrès, Grosclaude, Henri Lavedan, Hervieu, Mirbeau, Bergerat, le peintre Raffaelli, etc... Le « Dîner des Fortifications » ou plutôt des « Fortifs » s'est installé, lui, rue d'Amsterdam, au premier étage de la Taverne Anglaise. Son titre entend, sans doute, honorer un de ses fondateurs, Raffaelli, de qui l'âpre pinceau immortalise la faune humaine à travers les paysages que souillent les détritus, les crimes, les amours sur les talus et dans les fossés des fortifs. Et, autour de la table, s'asseoient les convives habituels : Huysmans, Hennique, Paul Bonnetain, J.-H. Rosny, Raffaelli, Jean Ajalbert, Céard, Frantz-Jourdain, Gustave Geffroy, Abel Hermant, Lucien Descaves, Paul Margueritte. Notre dîner s'accroît. Il est recherché, et voici qu'en cette réunion des jeunes, un plus jeune

encore survient, Georges Lecomte, l'auteur de cette
ardente pièce *la Meule*, curieuse personnalité qui
joint, — rare assemblage, — au talent le plus fertile,
un extraordinaire esprit d'organisation, même de
direction.

De fréquentes rencontres, de sympathiques
échanges d'impressions et d'idées, une mutuelle
estime, même âge, — aucun de nous n'a encore
abordé la trentaine, — même formation, même
passion littéraire et même volonté ont fait que cinq
jeunes écrivains se sont trouvés groupés sans avoir
nullement concerté cette association. Si Paul
Bonnetain n'était désigné, par droit d'aînesse et
de situation acquise, ce serait certainement à
J.-H. Rosny que le commandement de notre escouade
serait attribué.

Il a tout ce qu'il faut pour être un chef. Il a le
chef lui-même, sur un grand corps qui surpasse les
autres, un visage qui exprime tous les aspects de
l'enthousiasme et de l'apostolat. Vêtez sa silhouette
d'une longue robe et, avec sa barbe d'ébène, son teint
d'ivoire et ses yeux lumineusement noirs, vous aurez,
devant vous, un moine du Thibet ou un talapoin du
Japon. Une soutane ? Un missionnaire qui chante
le *Credo* pendant qu'on lui arrache les ongles. Un col
largement échancré ? C'est Collot d'Herbois. Il a
surgi dans la littérature, tout à coup. Il débarquait
d'Angleterre, un livre à la main, un livre de lui, et
quel livre ! Ce *Nell Horn* qui est le plus puissant et

poignant *De Profundis* de la détresse féminine. Un
tel livre crie :

— Place !

On s'est rangé. Rosny est orateur, philosophe,
mathématicien, chimiste, anthropologiste, exégète et
préhistorien. Phrénologue, il tâte, volontiers, le crâne
de son interlocuteur, que, darwiniste, il honore s'il
le classe chimpanzé et qu'il disgrâcie en le jugeant
gorille. Mais toute cette science est dominée par sa
foi littéraire, une foi qu'il prêche, qu'il est décidé
à défendre envers et contre tout, et toute cette philosophie, cette mathématique, cette anthropologie, ce
préhistorisme ne seront jamais que merveilleux
engrais pour les récoltes de grandes œuvres attendues
de ce merveilleux créateur en perpétuel travail.

Celui-ci est fils de l'héroïque cavalier qui commanda la charge de Sedan. C'est Paul Margueritte.
Né dans la gloire militaire, il rêve de gloire littéraire.
Il en rêve sans soubresauts de fièvre et sans éclats
de voix. Autant Rosny s'extériorise, autant
Margueritte « s'intériorise ». Autant Rosny prodigue
son éloquence, autant Margueritte économise la
sienne. Il parle en dedans, sourit dans sa barbe et
regarde derrière son lorgnon. Cela n'empêche pas
son regard de voir clair, et, à travers choses et gens,
d'aller aux provisions. Qu'en fait-il ? Silencieusement et patiemment, son œuvre avec sa conscience
d'artiste, son extraordinaire puissance de travail et
son ferme talent. Son premier livre *Tous quatre* est

un beau et hardi roman. Le succès en fut vif. Mais l'auteur est un modeste, et, lors même que la gloire lui crierait de toutes ses forces : « Ça y est ! » seul, derrière sa barbe et son binocle, Margueritte demeurerait anxieux.

Lucien Descaves est, je crois, le plus jeune de nous. C'est un indigné. L'indignation est l'état dans lequel Descaves a décidé de vivre. L'indignation est l'interprète de tous ses sentiments. Il s'indigne pour ses amis, contre les ennemis de ses amis, contre les incapables qui triomphent, contre les capables qui ne savent pas triompher, contre les étouffeurs de génie, les méconnaisseurs du talent, contre les faiseurs de fausse gloire. Il s'indigne quand il méprise, quand il hait, et surtout quand il aime, car cette indignation qui, tour à tour, assombrit, crispe et éclaire son passionné visage est l'indignation la plus généreuse qui soit. C'est celle d'un homme d'esprit qui a du sourire, du rire et de la dent, comme c'est celle du probe artiste, de l'observateur aigu et du puissant écrivain qui, dans son livre, *Une vieille rate,* a « frappé » les pages les plus sûrement annonciatrices d'un maître tout prochain.

Tels sont les camarades de lettres qui se trouvèrent, d'eux-mêmes, réunis et, d'eux-mêmes, d'accord quand un égal souci peut-être excessif, en tous cas, légitime, leur suggéra l'idée et la promulgation d'un manifeste qu'ils ne pouvaient croire destiné à un retentissement capable de secouer le monde entier de la littérature et, pour les signataires, de rendre cette mention : « Un des auteurs du manifeste des Cinq » à jamais inséparable de leur biographie.

## LE MANIFESTE DES CINQ

Quand un jugement flétrissant et condamnant l'auteur d'un délit ou d'un crime est tant soit peu notoire, on peut lire, dans tous les journaux, des notes de ce genre :

« Je vous serais obligé de faire savoir que, malgré la similitude du nom et du commerce que j'exerce, ni moi ni ma maison n'avons rien de commun avec M. X... désigné par le jugement du tribunal en date du... etc... »

Bien que le commerce dont il s'agit pour nous soit un commerce d'idées et le jugement du tribunal, celui de l'opinion, c'est, au fond, un pareil sentiment qui, à l'égard du naturalisme tel qu'il s'étale aujourd'hui, éveille, en chacun de nous, le désir d'un acte, qui équivaille à une abjuration. Nous désirons abjurer une doctrine que nous avons aimée, dans son intégrité, mais que nous répudions dans son usage actuel.

Jeunesse ! Jeunesse ! dira-t-on. Nous sommes encore plus jeunes que les jeunes que nous sommes ! C'est possible. En littérature, nos vingt-cinq ans correspondent aux quinze ans d'un citoyen normal.

Vingt-cinq ans, littérairement, c'est le talent en fleur et le jugement en bourgeon. Et puis notre temps veut ça. Nous sommes au surlendemain de la bataille d'Hernani et, hier encore, nous nous serions battus en faveur de Zola qu'aujourd'hui nous souhaitons de pouvoir publiquement désavouer pour chef. Il n'est que temps. Un journal ne peut plus imprimer un nom appartenant à l'un de nous sans lui accoler cette désignation : disciple de Zola.

Or nous savons ce que c'est que le disciple. Le disciple est un être subalterne condamné à n'exister que pour servir la gloire de son maître et à endosser tous les défauts, toutes les défaillances, toutes les infirmités et, s'il y a lieu, toutes les turpitudes qui pourraient obscurcir cette gloire. Le disciple est le thuriféraire et le portefaix de son maitre. L'opinion lui accorde un encensoir mais lui refuse une plume. Elle se venge d'être obligée d'admirer un grand homme en accablant l'homme qui se fait petit devant cette grandeur. Les disciples de Hugo ! La queue de Gambetta ! Maintenant, celle de Zola ? Non. Et c'est pourquoi, si on ne s'affranchit pas immé-diatement de cette classification, ce sera la marque indélébile par laquelle sont refusées, d'avance, à notre effort toute indépendance et toute personnalité.

Mais quel acte public aurait assez de force et de notoriété pour consacrer cet affranchissement ? C'est certainement Paul Bonnetain qui a conçu l'idée d'un manifeste publié en tête du *Figaro*.

Rédacteur en chef du *Supplément littéraire*, il avait obtenu, de son directeur Périvier, notre admission comme habituels collaborateurs du journal. Deux ou trois fois, chaque semaine, je vais m'asseoir, près de la table sur laquelle il travaille, dans la salle de rédaction. Il a eu la pensée d'organiser, avec les cinq que nous sommes, une réplique aux Cinq de Médan, et c'est sans doute cette pensée-là qui, — surtout depuis que la publication en feuilleton de *la Terre* progresse chaque jour dans la stupeur et le scandale, — a dû engendrer chez lui l'idée d'un manifeste contre le naturalisme tel qu'il est exercé. A plusieurs reprises, il m'en a parlé. J'ai objecté que l'initiative me paraissait hasardeuse, que si nous connaissions Zola personnellement et si nous étions reçus chez lui, cette brutale et publique rupture serait un acte peu délicat, mais que ne le connaissant individuellement, ni les uns ni les autres, cette scission pourrait être jugée comique, ce qui serait infiniment plus grave.

Bonnetain, un peu pincé, riposte que nous ne sommes pas dans le domaine des personnalités, mais dans celui des idées et qu'il s'agit de mettre les nôtres à l'abri pour que notre production littéraire n'en subisse pas un dommage moral et matériel dont rien, jamais plus, ne la relèverait. C'est défendable, je le reconnais. Néanmoins, Bonnetain, qui est susceptible et ne supporte pas, aisément, la discussion évite, avec moi, ce sujet d'entretien. Mais il a dû parler plus spécialement de son projet à Lucien

Descaves, avec qui, d'ailleurs, il est lié de beaucoup plus ancienne et intime amitié.

Malgré le scandale croissant provoqué par la publication de *la Terre,* n'entendant plus rien dire au sujet de l'idée incidemment émise, je ne songe plus, moi-même, à cette protestation quand, un après-midi, Paul Margueritte et moi, sortant tous deux de chez Quantin et nous étant, un moment, attablés à la brasserie Lipp, en face de la rue Saint-Benoît, y sommes, presque aussitôt, rejoints par Rosny. Il vient, lui aussi, de la Librairie moderne, pensant m'y trouver et d'où, lui a-t-on dit, nous venions de partir. Il s'en retournait, mais, nous ayant aperçus, il accourt.

Des événements importants se préparent et sont même sur le point d'éclater, nous apprend-il, après avoir pris place à notre table. Les idées maintes fois agitées entre nous ont pris corps. Un manifeste contre *la Terre* était en projet. Mais Bonnetain en ayant parlé à Magnard, celui-ci veut le publier, immédiatement, en tête du *Figaro.* Il a fallu, dès lors, en hâter la rédaction. La voici. Rosny demande que nous en prenions connaissance. Bien entendu, il sera tenu compte de nos observations. Nous n'avons qu'à les mentionner, mais les circonstances exigent qu'après les signatures de Bonnetain, de Rosny et de Descaves nous apposions les nôtres. Nous lisons, l'un après l'autre, attentivement, ce texte :

« Naguère encore, Emile Zola pouvait écrire, sans

soulever de récriminations sérieuses, qu'il avait, avec lui, la jeunesse littéraire. Trop peu d'années s'étaient écoulées depuis l'apparition de *l'Assommoir*, depuis les fortes polémiques qui avaient consolidé les assises du Naturalisme, pour que la génération songeât à la révolte. Ceux-là mêmes que lassaient plus particulièrement la répétition énervante des clichés se souvenaient trop de la trouée impétueuse faite par le grand écrivain, de la déroute des romantiques.

» On l'avait vu si fort, si superbement entêté, si crâne que notre génération, malade, presque tout entière, de la volonté, l'avait aimé rien que pour cette force, cette persévérance, cette crânerie. Même les Pairs, même les Précurseurs, les Maîtres originaux, qui avaient préparé de longue main la bataille, prenaient patience en reconnaissance des services passés.

» Cependant, dès le lendemain de *l'Assommoir*, de lourdes fautes avaient été commises. Il avait semblé aux jeunes que le maître, après avoir donné le branle, lâchait pied, à l'exemple de ces généraux de révolution dont le ventre a des exigences que le cerveau encourage. On espérait mieux que de coucher sur le champ de bataille, on attendait la suite de l'élan, on espérait de la belle vie infusée au livre, au théâtre, bouleversant les caducités de l'art !

» Lui, cependant, allait, creusant son sillon ; il allait, sans lassitude, et la jeunesse le suivait, l'accompagnait de ses bravos, de sa sympathie si douce aux plus stoïques ; il allait, et les plus vieux ou les plus sagaces fermaient, dès lors, les yeux, voulaient s'illusionner, ne pas voir la charrue du Maître s'embourber dans l'ordure.

» Zola, en effet, parjurait, chaque jour davantage, son programme. Incroyablement paresseux à l'expérimentation personnelle, armé de documents de pacotille ramassés par des tiers, plein d'une enflure hugolique, d'autant plus énervante qu'il prêchait âprement la simplicité, croulant dans des rabâchages et des clichés perpétuels, il déconcertait les plus enthousiastes de ses disciples.

» Puis, les moins perspicaces avaient fini par s'apercevoir du ridicule de cette soi-disant *Histoire Naturelle et Sociale d'une famille sous le Second Empire,* de la fragilité du fil héréditaire, de l'enfantillage du fameux arbre généalogique, de l'ignorance médicale et scientifique profonde du Maître.

» N'importe, on se refusait, même dans l'intimité, à constater carrément les mécomptes.

» Quoi qu'il en soit, jusqu'en ces derniers temps encore, on se montrait indulgent ; les rumeurs craintives s'apaisaient devant une promesse : *la Terre.* Volontiers, espérait-on, la lutte du grand littérateur avec quelque haut problème et qu'il se résoudrait à abandonner un sol épuisé. On aimait se représenter Zola vivant parmi les paysans, amassant des documents « personnels », intimes, analysant patiemment des tempéraments de ruraux, recommençant, enfin, le superbe travail de *l'Assommoir.* L'espoir d'un

chef-d'œuvre tenait tout le monde en silence. Certes,
le sujet, simple et large, promettait des révélations
curieuses.

» *La Terre* a paru. La déception a été profonde
et douloureuse. Non seulement l'observation est
superficielle, les trucs démodés, la narration commune
et dépourvue de caractéristiques, mais la note ordurière est exacerbée encore, descendue à des saletés
si basses que, par instants, on se croirait devant un
recueil de scatologie : le Maître est descendu au fond
de l'immondice.

» Eh bien ! cela termine l'aventure. Nous répudions énergiquement cette imposture de la littérature
véridique, cet effort vers la gauloiserie mixte d'un
cerveau en mal de succès. Nous répudions ces
bonshommes de rhétorique zoliste, ces silhouettes
énormes, surhumaines et biscornues, dénuées de
complication, jetées brutalement, en masses lourdes,
dans des milieux aperçus au hasard des portières
d'express. De cette dernière œuvre du grand
cerveau qui lança *l'Assommoir* sur le monde, de cette
« Terre » bâtarde, nous nous éloignons résolument,
mais non sans tristesse. Il nous poigne de repousser
l'homme que nous avons trop fervement aimé.

» Notre protestation est le cri de probité, le
dictamen de conscience de jeunes hommes soucieux
de défendre leurs œuvres — bonnes ou mauvaises —
contre une assimilation possible aux aberrations du
Maître.

» Il est nécessaire que, de toute la force de notre jeunesse laborieuse, de toute la loyauté de notre conscience artistique, nous adoptions une tenue et une dignité en face d'une littérature sans noblesse, que nous protestions au nom d'ambitions saines et viriles, au nom de notre culte, de notre amour profond, de notre suprême respect pour l'Art. »

Diable !!! Margueritte s'inquiète, demande quelques atténuations à cette forme qui lui paraît trop violente. Elle me semble solennelle. Il faudrait, dis-je, en apaiser le souffle sacramentel, et, par exemple, condamner à mort le « dictamen » qui pourrait bien être jugé intolérable, même insultant pour les ignorants du latin, et ne laisser subsister que « le cas de conscience qui est déjà fort gentil !

Rosny est de notre avis. Nous n'en demandons pas davantage et nous apposons nos signatures, les sachant avec celles qui les précèdent en la plus honorable et cordiale compagnie.

Aux alarmes de Margueritte je réponds, de la meilleure foi, que Magnard ne consentira jamais à publier un texte d'une telle violence et que le manifeste s'en ira échouer dans quelque jeune et obscure revue...

... Mais, tout à coup, le lendemain matin, j'entends un bruit épouvantable. Qu'est-ce que c'est ? Lui ! C'est lui ! Le manifeste ! Il vient de paraître ! En tête du *Figaro* signé de nos cinq noms ! Et, à peine a-t-il paru qu'une explosion formidable fait sauter toutes les poudrières de la Littérature et qu'un gigantesque ouragan de mitraille se déchaîne sur nous. En quelques instants, nous sommes honnis, conspués, insultés, flétris, bafoués, trainés dans la boue en toutes les langues du monde, en anglais, en italien, en allemand, en russe, en scandinave, en espagnol, en portugais, même en français et aussi par des Français qui n'écrivent pas en français ! On dirait que l'éreintement de Zola est un monopole auquel nous avons porté atteinte et que tous ceux qui s'étaient appropriés cette spécialité se liguent de fureur contre nous parce que nous avons usurpé leurs fonctions ! Et nous sommes déchiquetés cuits à petit et à grand feu, accommodés et mangés à toutes les sauces. La critique nous assomme sous les plus pesants coups de talon de son mépris. La grande chronique parlant de nous s'écrie : « Ça parle d'ordures et ça ne fait que ça ! seulement ça les parfume !... Leurs plumes ne se plaisent qu'à la description maladive de raffinements infâmes, de tableaux d'une basse lascivité, ignobles et prétentieux, qu'en des audaces mesurées au gabarit des filles, qu'à des aveux d'impuissance en un style d'émasculés !... »

La chronique gaie nous représente attablés en un dîner de réjouissances présidé par l'auteur de *la Terre* lui-même qui improvise, au dessert, la ronde du « dictamen » dont le refrain est repris en chœur :

*Rosny soit qui mal y pense !*
*J'aime à me remplir la panse :*
*Foin des soucis les plus graves,*
*Buvons tout le vin Descaves !*
        *Margueritte*
        *Vite, vite*
*Margueritte, Guiche-me-quick !*
        *Miousic*
        *Miousic*
    *Et tin, tin, tin,*
    *Paul Bonnetain*
    *Et tin, tin, tin,*
    *Buvons le jus divin !...*


(GROSCLAUDE, *le Gil Blas.* Les gaietés de la
semaine, numéro du 25 août 1887.)

Nous sommes poussés dans la danse des revues de
fin d'année, — et la chanson nous cueille. Jules Jouy,
au « Chat Noir », nous chante en des couplets dont
celui-ci est assurément le meilleur :


### LES MOUCHERONS ET L'ÉLÉPHANT

*Afin de lui faire du mal,*
*Ils rampèrent vers l'animal,*
*Puis s'assirent sur leur séant*
*Autour de l'énorme géant.*
*Ils étaient cinq petits enfants*
*Qui chassaient les gros éléphants !...*

Ce ne sont là que des intermèdes de fausse joie. La tempête redouble et, en elle, font assaut de vacarme toutes les clameurs, même celles de Sarcey qui, pourtant, naguère, m'aima, l'espace d'un feuilleton et, maintenant, me châtie comme s'il m'aimait plus encore que je ne le croyais !

En vain, Paul Bonnetain, dans le *Figaro,* lance-t-il une juste et pathétique explication. Elle se perd dans l'assourdissant tintamarre du cyclone qui **fait** rage !...

Mais, soudain, une voix s'élève, et celle-ci est si haute, si noble et d'une si souveraine ampleur, qu'à ses premiers accents la cacophonie se tait.

Au journal *le Temps,* où je me trouvais, hier, tandis que Adrien Hébrard plaisantait à propos du manifeste, M. Anatole France qui souriait observa :

— Il ne faut pas que le plomb s'égare !

Et voici comment, aujourd'hui, M. Anatole France rectifie notre tir :

## LA VIE LITTÉRAIRE

### *La Terre.*

« Vous savez que M. Zola vient d'éprouver le même traitement que le patriarche Noé. Cinq de ses fils spirituels ont commis à son égard, pendant qu'il dormait, le péché de Cham. Ces cinq enfants maudits sont MM. Paul Bonnetain, J.-H. Rosny, Lucien Descaves, Paul Margueritte et Gustave Guiches.

Ils ont raillé publiquement la nudité du père.
M. Fernand Xau, imitant la piété de Sem, a étendu
son manteau sur le vieillard endormi. C'est pourquoi
il sera béni dans les siècles des siècles. Ainsi
l'ancienne loi est l'image de la nouvelle, et M. Émile
Zola est véritablement celui qui avait été annoncé par
les prophéties.

» *Le Temps* a reproduit en partie et commenté le
manifeste littéraire de MM. Gustave Guiches, Paul
Margueritte, Lucien Descaves, J.-H. Rosny et Paul
Bonnetain. Voici comment le nouveau roman du
Maître, *la Terre,* y est appréciée : « Non seulement
l'observation est superficielle, les trucs démodés, la
narration commune et dépourvue de caractéristiques,
mais la note ordurière est exacerbée encore, descendue
à des saletés si basses que, par instants, on se croirait devant un recueil de scatologie. Le Maître est
descendu au fond de l'immondice. »

» Ainsi parlent les Cinq. Leur déclaration a causé
quelque surprise. Il y en a, pour le moins deux
d'entr'eux, qui ne sont pas tels qu'il faut être pour
jeter la première pierre. M. Bonnetain, par exemple,
est l'auteur d'un roman qui ne passe pas pour chaste.
Il est vrai qu'il répond qu'ayant commencé comme
finit M. Zola, il compte bien finir comme M. Zola
a commencé. Mais le manifeste, en lui-même, n'est
pas irréprochable. Il contient des appréciations sur
l'état physiologique de l'auteur de *la Terre* qui
passent les bornes de la critique permise.

» Expliquer l'œuvre par l'homme est un procédé excellent quand il s'agit du *Misanthrope* ou de *l'Esprit des Lois,* mais qui ne saurait être appliqué sans inconvénients aux ouvrages des contemporains.

» Les romans de M. Zola appartiennent à la critique, et l'on verra tout à l'heure si je crains de dire ce que j'en pense. Quant à la vie privée de M. Zola, elle doit être absolument respectée ; il n'y faut point rechercher la raison des obscénités qu'il étale dans ses livres. On ne veut pas savoir si c'est par goût ou si c'est par intérêt que M. Zola accorde tant à la lubricité. Enfin, le manifeste se termine par un avis aux lecteurs qui, venant de jeunes romanciers, n'a pas paru tout à fait désintéressé. « Il faut, ont dit les Cinq, il faut que le jugement public fasse balle sur *la Terre* et ne s'éparpille pas en décharge de petit plomb sur les livres sincères de demain. » Evidemment ces messieurs ont quelques volumes sous presse. Je ne sais ce qu'il faut plus admirer dans ce conseil, ou de son astuce ou de son ingénuité.

» Les Cinq n'ont point attendu, pour juger *la Terre,* d'en connaître la fin. M. Zola s'en est plaint. Il est vrai qu'ordinairement, pour juger une œuvre, il faut attendre qu'elle soit terminée. Mais ce n'est pas ici une œuvre ordinaire. *La Terre* n'a ni commencement, ni milieu. M. Zola, quoi qu'il fasse, n'y saurait mettre une fin. C'est pourquoi je me permettrai, à l'exemple de ces messieurs, d'en dire, tout de suite, mon avis.

» J'en suis resté au moment où la Grande, paysanne de quatre-vingt-neuf ans est violée par son petit-fils, ainsi qu'il est dit au quatre-vingt-sixième feuilleton. On est donc averti que ce que je vais dire ne s'applique pas aux faits postérieurs à ce trait de mœurs champêtres.

» Le sujet du livre est, comme le titre l'indique, *la Terre*. Au dire de M. Zola, la terre est une femme ou une femelle. Pour lui c'est tout un. Il nous montre les anciens mâles usés à l'engrosser. Il nous décrit les paysans qui veulent « la pénétrer, la féconder jusqu'au ventre », qui l'aiment « pendant cette intimité chaude de chaque heure » et qui respirent « avec une jouissance de bon mâle l'odeur de sa fécondation ».

» C'est de la rhétorique brutale, mais de la rhétorique encore. D'ailleurs, tout le livre est plein de vieux épisodes mal rajeunis, la veillée, la fenaison, la noce champêtre, la moisson, les vendanges, la grêle, l'orage, déjà chanté par Chênedollé avec un sentiment plus juste de la nature et du paysan ; le semeur, dont Victor Hugo avait montré « le geste auguste » ; la vache au taureau, dont M. Maurice Rollinat a fait un poème assez vigoureux. Avez-vous lu, par hasard, le *Prædium rusticum ?* C'est un poème en vers latins qu'un jésuite du XVIII<sup>e</sup> siècle, le Père Vanière, composa, à l'imitation de Virgile, pour les écoliers. Eh bien ! le livre de M. Zola m'a fait songer à celui du Père Vanière, par je ne sais quel fond poncif qui

leur est commun. Rien, dans ces pages d'un pseudo-
naturaliste, ne révèle l'observation directe. On n'y
sent vivre ni l'homme ni la nature. Les figures y sont
peintes par des procédés d'école qui semblent
aujourd'hui bien vieux. Que dire de ce notaire
« assoupi par la digestion du fin déjeuner qu'il vient
de faire » ? de ce curé apparu « dans l'envolement
noir de sa soutane » ? de cette maison qui « était
comme ces très vieilles femmes dont les reins se
cassent » ? de ce « bruit doux et rythmique des
bouses étalées, de cette « douceur berçante qui
montait des grandes pièces vertes » ? Voyez-vous
mieux les paysans attablés quand on nous a dit
qu' « un attendrissement noyait leurs faces » ?
M. Zola n'a guère mis dans ce nouveau livre que ses
défauts. Le plus singulier est l'effet de cet œil de
mouche, de cet œil à facettes qui lui fait voir les
objets multipliés comme à travers une topaze taillée.
C'est ainsi qu'il termine la description, assez exacte
et assez vive d'ailleurs, d'un marché dans un chef-
lieu de canton, par ce trait inconcevable : « De grands
barbets jaunes se sauvaient en hurlant, une patte
écrasée. »

» C'est ainsi qu'une hallucination lui fait voir des
myriades de semeurs à la fois. « Ils se multipliaient,
dit-il, pullulaient comme de noires fourmis labo-
rieuses, mises en l'air par quelque gros travail,
s'acharnant sur une besogne démesurée, géante à
côté de leur petitesse ; et l'on distinguait pourtant,

même chez les plus lointains, le geste obstiné, toujours le même, cet entêtement d'insectes en lutte avec l'immensité du sol, victorieux à la fin de l'étendue et de la vie. »

» M. Zola ne nous montre pas distinctement les paysans. Ce qui est plus grave encore, c'est qu'il ne les fait pas bien parler. Il leur prête la loquacité violente des ouvriers des villes.

» Les paysans parlent peu ; ils sont volontiers sentencieux et expriment souvent des idées très générales. Ceux des régions où l'on ne parle pas patois ont pourtant des mots savoureux qui gardent le goût de la terre. Rien de cela dans les propos que M. Zola met dans leur bouche. La grossièreté qu'il leur donne sent le faubourg, non la campagne.

» J'ai le regret d'ajouter que, quand M. Zola parle pour son propre compte, il est bien lourd et bien mou. Il fatigue par l'accablante monotonie de ses formules : « Sa chair tendre de colosse — son agilité de brune maigre — sa gaieté de grasse commère — la nudité de son corps de fille solide. »

» Il y a une beauté chez le paysan. Les frères Lenain, Millet, Bastien-Lepage l'ont vue. M. Zola ne la voit pas. La gravité morne des visages, la raideur solennelle qu'un incessant labeur donne aux corps, les harmonies de l'homme et de la terre, la grandeur de la misère, la sainteté du travail par excellence, celui de la charrue, rien de cela ne touche M. Zola. La grâce des choses lui échappe, la beauté, la majesté, la simplicité le fuient à l'envi. Quand il nomme un homme, un village, une rivière, il choisira le plus vilain nom ; l'homme s'appellera Macqueron, le village Rognes, la rivière l'Aigre. Il y a pourtant beaucoup de jolis noms de villes et de rivières. Les eaux surtout gardent, en souvenir des nymphes qui s'y baignaient autrefois, des vocables charmants, qui coulent en chantant sur les lèvres. Mais M. Zola ignore la beauté des mots comme il ignore la beauté des choses.

» Il n'a pas de goût, et je finis par croire que le manque de goût est ce péché mystérieux dont parle l'Ecriture, le plus grand des péchés, le seul qui ne sera pas pardonné. Voulez-vous un exemple de cette irrémédiable infirmité ? M. Zola nous montre, dans *la Terre,* un paysan crapuleux, un ivrogne, un braconnier que sa barbe en pointe, ses longs cheveux, ses yeux noyés ont fait surnommer Jésus-Christ. M. Zola ne manque jamais de l'appeler par son surnom. Il obtient par ce moyen des phrases comme celles-ci : « C'était Jésus-Christ qui s'empoignait avec Flore, à qui il demandait un litre de rhum. — Ce qu'il rigolait, Jésus-Christ, de la petite fête de famille !... — Jésus-Christ était très venteux. » Il n'y a pas besoin d'être catholique ni chrétien pour sentir l'inconvenance de ce procédé.

» Mais le pire défaut de *la Terre,* c'est l'obscénité, l'obscénité gratuite. Les paysans de M. Zola sont atteints de satyriasis. Tous les démons de la nuit que redoutent les moines et qu'ils conjurent en chantant à vêpres les hymnes du bréviaire, assiègent, jusqu'à l'aube, le chevet des cultivateurs de Rognes. Ce malheureux village est plein d'incestes. Le travail des champs, loin d'y assoupir les sens, les exaspère. Dans tous les buissons un garçon de ferme presse « une fille odorante ainsi qu'une bête en folie ».

» Les aïeules y sont violées, comme j'ai déjà eu l'honneur de vous le dire, par leurs petits-enfants. M. Zola, qui est un philosophe, comme il est un savant, explique que la faute en est au foin, au fumier.

» Il a plu à M. Zola de loger, dans ce village de Rognes, deux époux, M. et M<sup>me</sup> Georges, lesquels ont gagné une honnête aisance en tenant à Chartres une « maison Tellier » qu'ils ont cédée à leur gendre et qu'ils surveillent encore avec sollicitude.

» C'est le conte bien connu de M. Guy de Maupassant, mais amplifié, grossi d'une manière absurde, étalé jusqu'à l'écœurement. M<sup>me</sup> Georges a amené à Rognes un vieux chat qu'elle avait à Chartres. Ce chat, « caressé, dit M. Zola, par les mains grasses de cinq ou six générations de femmes..., familier des chambres closes... muet... rêveur... voyait tout de ses prunelles amincies dans leur cercle d'or ». Et M. Zola ne s'arrête pas là ; il transforme ce chat en je ne sais quelle figure monstrueuse et mystique de génie oriental, en une sorte de vieillard noyé et confit, comme l'Hérode de Gustave Moreau, dans la volupté comme dans le miel. Puis, quand on en a fini avec le chat, c'est une bague, une simple alliance d'or, usée au doigt de M<sup>me</sup> Charles, qui est fée et qui raconte des choses sans nom.

» M. Zola a comblé cette fois la mesure de l'indécence et de la grossièreté. Par une invention qui outrage la femme dans ce qu'elle a de plus sacré, M. Zola a imaginé une paysanne accouchant pendant que sa vache vêle. « Ça crève », dit un des témoins, qui ne parle pas de la vache. La crudité des détails passe toute idée.

» Il n'a pas moins offensé la nature dans la bête que dans la femme, et je lui en veux encore d'avoir sali l'innocente vache en étalant sans pitié les misères de sa souffrance et de sa maternité. Permettez-moi de vous donner la raison de mon indignation. Il m'est arrivé, il y a quelques années, de voir naître un veau dans une étable. La mère souffrait cruellement, en silence. Quand il naquit, elle tourna vers lui ses beaux yeux pleins de larmes et, allongeant le cou, elle lécha doucement le petit être qui lui avait causé tant de douleurs. Cela était touchant, beau à voir, je vous assure, et c'est une honte que de profaner ces mystères augustes. M. Zola dit d'un de ses paysans qu'il avait « l'affolement de l'ordure ». C'est un affolement qu'aujourd'hui M. Zola prête indistinctement à tous ses personnages. En écrivant *la Terre*, il a donné les Géorgiques de la crapule.

» Que M. Zola ait eu jadis, je ne dis pas un grand

talent, mais un gros talent, il se peut. Qu'il lui en reste encore quelques' lambeaux, cela est croyable, mais j'avoue que j'ai toutes les peines du monde à en convenir. Son œuvre est mauvaise, et il est un de ces malheureux dont on peut dire qu'il vaudrait mieux qu'ils ne fussent pas nés.

» Certes, je ne lui nierai point sa détestable gloire. Personne, avant lui, n'avait élevé un si haut tas d'immondices. C'est là son monument, dont on ne peut contester la grandeur. Jamais homme n'avait fait pareil effort pour avilir l'humanité, insulter à toutes les images de la beauté et de l'amour, nier tout ce qui est bon et tout ce qui est bien. Jamais homme n'avait méconnu l'idéal des hommes. Il y a en nous tous, dans les petits comme dans les grands, chez les humbles comme chez les superbes, un instinct de la beauté, un désir de ce qui orne et de ce qui décore qui, répandus dans le monde, font le charme de la vie. M. Zola ne le sait pas. Il y a, dans l'homme, un besoin infini d'aimer qui le divinise. M. Zola ne le sait pas. Le désir et la pudeur se mêlent parfois en nuances délicieuses dans les âmes. M. Zola ne le sait pas. Beaucoup d'hommes veulent être justes et sages. Quelques-uns ne goûtent de joie que dans le renoncement et le sacrifice. M. Zola ne le sait pas. Il est, sur la terre, des formes magnifiques et de nobles pensées ; il est des âmes pures et des cœurs héroïques. M. Zola ne le sait pas. Bien des faiblesses même, bien des erreurs et des fautes ont leur beauté touchante. La douleur est sacrée. La sainteté des larmes est au fond de toutes les religions. Le malheur suffirait à rendre l'homme auguste à l'homme. M. Zola ne le sait pas. Il ne sait pas que les grâces sont décentes, que l'ironie philosophique est indulgente et douce, et que les choses humaines n'inspirent que deux sentiments aux esprits bien faits : l'admiration ou la pitié. M. Zola est digne d'une profonde pitié.

» ANATOLE FRANCE. »

Que l'on soit donc un peu indulgent à notre péché de jeunesse, à notre manifeste ! S'il n'a pas atteint absolument son but, il a, du moins, droit à la reconnaissance de la Littérature, puisqu'il a fait apparaître une des plus hautes, des plus fortes et des plus resplendissantes pages que la divine langue de France ait jamais enfantées !...

## ENTRÉE SOLENNELLE DANS LA SALLE
## DU BANQUET DE LA VIE

Cette année 1887 est la sixième de ma vie littéraire. Je ne sais pas si j'ai progressé ni dans quelle mesure parce qu'il ne m'appartient pas d'être juge à l'égard du progrès accompli.

Ce que je sais, c'est que mes camarades et moi nous sommes parvenus à la première étape, et que nous voici maintenant arrivés juste devant l'entrée de la salle devant laquelle est dressé le Banquet de la vie.

Elle est solennelle, mais terriblement close, cette entrée ! Va-t-elle nous rester fermée longtemps encore ? Nous sommes un peu fatigués par la marche, un peu rompus par l'effort. Nous voudrions bien entrer ! N'allons-nous pouvoir pénétrer dans l'enceinte que, seulement, quand nos aînés n'y seront plus ?...

Mais non ! Voici que, d'un geste large et accueillant, nos aînés nous ouvrent les portes toutes grandes, et, au nom de tous, sur le seuil, l'un d'eux s'écrie, d'une voix chaleureuse :

— Mes amis, vous avez fait quelques livres de mérite et même de réelle valeur. Mais, pour votre « dictamen » qui a provoqué un si effroyable vacarme, l'opinion publique vous confère une notoriété que, pour une œuvre du plus pur génie, elle vous marchanderait ou peut-être vous refuserait impitoyablement ! Entrez donc, mes amis ! Soyez les bienvenus ! Entrez dans cette salle du « Banquet de la vie » où vous êtes sûrs du plus cordial accueil !...

Et, comme tremblants d'émotion nous allons, de notre mieux, exprimer notre gratitude, la voix ajoute :

— Vous êtes ici chez vous ! Seulement, nous sommes obligés de vous prévenir, — il n'y a plus de place !...

Et, sans nous laisser le temps de la consternation, la voix ajoute encore :

— Si vous voulez que nous nous serrions, il faudra jouer des coudes.

— Toujours donc ?...

— Toujours !...

# TABLE DES MATIÈRES

Imprimeries MONCE et Cⁱᵉ

6. Rue Houzeau-Muiron — Reims

« Éditions SPES », 17, Rue Soufflot, PARIS (5e)

---

ALFRED POIZAT. — **Pour l'Humanisme**. — Tome I.
In-8 couronne...................... 8 fr.

— **Pour l'Humanisme**. — Tome II. In-8 couronne. 8 fr.

— **Théâtre complet**. — Tome I. In-8 couronne. 10 fr.

— **Théâtre complet**. — Tome II. In-8 couronne. 10 fr.

PHILIPPE HENRIOT. — **La Tunique de Nessus**. In-8
couronne....................... 7 fr.

GABRIEL REMY. — **Le Regard en arrière**. In-8 cour. 7 fr.

JON SVENSSON. — **Récits Islandais**. In-8 couronne. 5 fr.

HENRI JOLY, *Membre de l'Institut*. — **Génies sains et
Génies malades**. In-8 couronne... 8 fr.

— **La Psychologie des Grands Hommes**.
In-8 couronne.................. 8 fr.

JACQUES PIOU. — **Le comte Albert de Mun ; sa vie
publique**. In-8 écu............. 15 fr.

www.ingramcontent.com/pod-product-compliance
Lightning Source LLC
LaVergne TN
LVHW050415060726
842524LV00002B/582